ELAM HARNISH

HUNTING
HIGH AND LOW

AF237359

Elam Harnish

Hunting
high and low

Roman

Bibliografische Information der Deutschen Nationalbibliothek:
Die Deutsche Nationalbibliothek verzeichnet diese Publikation
in der Deutschen Bibliografie; detaillierte bibliografische Daten
sind im Internet über dnb.dnb.de abrufbar.

ISBN: 9783753495835

Herstellung und Verlag:
BoD – Books on Demand, Norderstedt

Wie häufig kann man in den Fernsehnachrichten am Rande von Berichterstattungen über irgendwelche Unglücke die in der Welt geschehen ein verzweifeltes Gesicht einer Person im Interview sehen, die offenbar Pech hatte, am falschen Ort zur falschen Zeit gewesen zu sein.
Da mag man denken: ‚Mann, was ist die oder der so bescheuert, sich da auch nun unbedingt aufhalten zu müssen!'

Selbst in so eine Situation zu geraten, die das komplette Leben von einem Moment auf den anderen auf den Kopf stellt, erscheint uns so weit entfernt, wie der Ort des Geschehens.

Aber die Situation ist real, und die Person auch.

Irgendwann ist eben irgendeiner mal dran.

Aber man selbst ?

Nein unmöglich !

Unmöglich ?

.

INHALT

Er lag irgendwie so halb auf dem Rücken, halb auf der Seite. Die Sonne blendete so stark, dass er die Augen nur einen minimalen Spaltbreit öffnen mochte, zumal seine Sonnenbrille bei dem Sturz irgendwie weggeflogen war. Die Kälte des tiefen Pulverschnees spürte er nicht, da das Adrenalin, dass ihn bis vor wenigen Sekunden noch unter Hochspannung gehalten hatte, nun von dem Schock abgelöst wurde. Er war im Kopf aber ganz klar und dieser übermittelte ihm eindeutig, dass er von einer Kugel getroffen wurde.

1

Abfliegen

Der Hamburger Flughafen, seit einiger Zeit nur noch ‚Airport' genannt, wirkt auf den ersten Blick, als befinde man sich tatsächlich auf dem Sprungbrett der Weltstadt in die große weite Welt. Vielleicht ist er das auch tatsächlich, aber Todd ist nach der Fahrt mit der S-Bahn zum Terminal erstmal bedient, als die Rolltreppe ausgefallen und er seinen knüppelvollen Koffer die Treppe nach oben tragen muss, zumal er noch den schweren Rucksack und vor allem seinen

Spezialcontainer mit seinem zerlegten Jagdgewehr auf dem Rücken festhalten muss. Dazu die Boots: Scheiße, die Füße tun jetzt schon weh, nach den paar Schritten, die er bisher mit ihnen gegangen war. Er ahnt, dass das keine gute Idee war, die anzuziehen. Aber in der Euphorie, der Vorfreude auf die Reise hat er sich natürlich standesgemäß angezogen: Seine gefütterte Jeansjacke, den Bolotie [1]* um den Hals des karierten Flanellhemdes, die Jeans mit dicker Gürtelschnalle, den schwarzen warmen Stetson* auf dem Kopf und natürlich die Cowboy-Boots.

Er schleppt sich durch das Terminal und merkt, wie die innere Anspannung, die so schon zu Schweißausbrüchen geführt hatte, immer weiter zunahm, je mehr er sich dem Abflugschalter näherte. Zumindest gaffen die Leute ihn hier nicht mehr so blöde an, wie in der S-Bahn.

Die junge Frau am Schalter lächelt ihn etwas zu freundlich an, sehr nah am auslachen wegen seines Outfits, aber er musste jetzt dringend die Ruhe bewahren. Koffergewicht 22,5 kg, okay, das passt gerade noch, Glück gehabt. Jetzt den Gewehrkoffer. Nein, natürlich befindet sich keine Munition im Koffer, der Verschluss des Gewehres ist vorschriftsmäßig getrennt vom Rest der Waffe, der Koffer ist verschlossen, die Unbedenklichkeitsbescheinigung des kanadischen Konsulats ist auch in Ordnung, gut, Stempel, Siegel

---

[1] Zu allen mit * gekennzeichneten Begriffen können Sie im Anhang eine Erläuterung lesen

auf den Koffer, „Guten Flug".

Während er sich umdreht, atmet er einmal ganz tief durch und fühlt nicht nur wegen des nicht mehr vorhandenen Gewichts, eine schwere Last von seinem Körper entweichen und die Freude an dem geplanten Abenteuer kommt wieder auf. Aber nur kurz, denn das ‚Theater' der Ganzkörperkontrolle steht ihm ja noch bevor.

Er reiht sich in der Schlange ein und geht im Schneckentempo mit vielen anderen Schritt für Schritt in Richtung Kontrollstation, dabei hat er das Gefühl, die Füße schmerzen immer mehr und er kann kaum noch stehen. Als er an der Reihe ist, fällt ihm dann auch wieder ein, worauf die Kontrolleure Wert legen und was die Gefahr einer Einzelkontrolle nach dem Nackt-Scanner verringert: Gürtel ausziehen, Bolotie ab, selbst der Ehering, das Münzgeld in der Hosentasche, kein Metall am Körper. Dann das Zeichen eines Beamten, dass er in den Scanner darf. Arme hoch, pieps, pieps, dann das Handzeichen vom Beamten, rauszukommen und vorzutreten. Scheiße, was will der jetzt? Er zeigt auf die Stiefel. Oh Mann, die kriegt er niemals von den Füßen, zumal ohne Stiefelknecht*. Er muss in eine Nische im Kontrollbereich, in der eine Sitzbank steht. Der Schweiß rinnt ihm vom Gesicht, während er mit viel Mühe sich die Stiefel von den Füßen zieht. Was hat Ben in Kanada noch gesagt? ‚Ich flieg immer im Anzug und Krawatte mit Businessschuhen, dann lassen sie dich zufrieden'. Ja toll, Mann, das war ja mal wieder 'ne Superidee in der Klamotte in den Flieger steigen zu wollen ! Nachdem seine Boots nochmal durch den Kofferscanner mussten, offenbar ohne versteckten Sprengstoff in den Hacken, quält er sich wieder in die Stiefel hinein. Eine Beamtin hinter einem Tisch ruft ihn zu sich, weil sie etwas an seinem Rucksack auszusetzen hat. „Haben Sie verbotene Güter in ihrem Rucksack?" fragt sie. Oh Mann, wenn die schon so blöd fragt, muss wohl irgendwas von dem Inhalt nicht in Ordnung sein. „Keine Ahnung", antwortet er und sie öffnete ihn und zog ein Glas Nuss-Nougat-Creme heraus, das er noch kurz vorher gekauft hatte, um es seinem Freund in Kanada mitzubringen. „Was ist daran denn verboten?", fragte er. „Tut mir leid, das verstößt gegen die Vorschriften". Er wollte erst fragen, ob die Gefahr besteht, dass er damit dem Flugkapitän den Schädel einschlagen könne, sagt aber nur: „Vergessen Sie's", während sie das Glas über dem offenen Müllcontainer hält und in dem Moment wo er es ausspricht, hineinfallen lässt.

Er nimmt seinen Rucksack und wollte endlich raus aus dem Kontrollbereich, aber da kommt erneut ein Beamter auf ihn zu und fordert ihn auf mitzukommen. Mann, was wollen die alle von mir? Er folgt ihm etwas abseits in einen fensterlosen Raum und schließt die Tür hinter ihm. Auf einem Tisch liegt sein geöffneter Koffer.

„Ist das Ihr Koffer"

„Ja, was ist damit?"

Er trug seinen Stetson schon die ganze Zeit in der Hand, weil er einfach zu warm war. Jetzt zwirbelte er nervös an dessen Krempe. Der Beamte nimmt mit gummibehandschuhten Fingern einen Stoffsack im Koffer, holt daraus sein großes Bowiemesser, hält es mit den Fingerspitzen in die Luft, als sei es mit Kot verunreinigt.

„Das ist mein Jagdmesser, das brauch ich, weil ich in Kanada auf die Jagd gehen will, das ist doch im verschlossenen Koffer, mein Gewehr hab ich doch auch aufgegeben".

„Gewehr?". Der Beamte blickt überrascht, tippt in seinen Computer und findet die Aussage offenbar bestätigt.

„Aber Sie hätten nicht mit einem solchen Messer hier in der Halle herumlaufen dürfen"

Todd musste sich zusammenreißen. Er war wegen des Stiefeltheaters und des Nuss-Nougat-Glases eigentlich ohnehin schon kurz vorm explodieren.

„Das Messer können Sie leider nicht mitnehmen, das muss ich konfiszieren, außerdem muss ich Anzeige erstatten, wegen des Tragens von gefährlichen Waffen im Flughafenbereich"

„Aber das war doch die ganze Zeit im Koffer. Wie soll ich das denn sonst mitnehmen?"

Der Beamte tippt weiterhin auf seinem Computer, während Todd herumsteht und darauf wartet, was er jetzt machen oder sagen würde. Schließlich hatte er offenbar ein Einsehen, weil ihm Todds Geschichte wohl glaubhaft erschien, denn schlägt er vor:

„Also das Messer bleibt hier und von der Anzeige werde ich ausnahmsweise absehen. Sie bekommen aber einen Eintrag bei den Zollbehörden, darum komm ich nicht herum."

Todd beißt sich auf die Lippen, sagt aber nichts, während der Beamte seinen Koffer schließt und sein Messer in den Sack zurück und zur Seite legt.

‚Schön, das landet jetzt in der Asservatenkammer, 150 Euro Spende an den Flughafen und in Kanada kann ich mir ein Neues kaufen'.

Er verlässt gefrustet den Raum und trottet in Richtung Abfluggate. Zum Glück hatte er ausreichend Zeit eingeplant, damit er jetzt trotz des ganzen Theaters nicht in Stress geraten muss.

Der Flieger hebt pünktlich nach London ab und langsam kehrt bei Todd wieder etwas innere Ruhe ein, zumal der Platz neben ihm freiblieb, auf dem er dann seinen Hut ablegen konnte und er sich erstmal eine Bloody Mary gönnte.

Der Alkohol und sein fast leerer Magen, der seit einem kleinen Frühstück Stunden zuvor keinen Nachschub erhalten hatte, waren die Kombination, die ihn tatsächlich soweit runter brachte, dass er einnickte, obwohl die Sitzposition in dem Kurzstreckenflieger alles andere als schlaftauglich war.

—

Melissa nahm ihn in den Arm, als sie sich heute Morgen zur Arbeit von ihm verabschiedete, es machte ihr nichts aus, dass er jetzt zehn Tage allein auf Reisen ging. Aber besonders viel Verständnis dafür, dass er meinte in die Kanadische Wildnis zur Jagd gehen zu müssen hatte sie wohl eher nicht. Sie hat ein feines Gespür dafür, ihrem Mann ab und zu Freiheiten zu lassen, lässt ihn sich alle paar Jahre ein *geiles* Auto kaufen oder eben jetzt allein auf Reisen gehen. Sie weiß, dass er so einen Ausflug nicht nutzt, um mit einer anderen Frau was anzufangen, nein, er braucht das um wieder aufzuladen, um Kraft und Ausdauer für ihre Ehe zu tanken.

Eher war er es selbst, der Zweifel an der Richtigkeit der ganzen Sache hatte.

Wie schon in den Monaten zuvor, seit er entschied Ben zu besuchen, um mit ihm Jagen zu gehen, waberte in seinen Träumen dieser Gedanke umher, was das eigentlich soll, weshalb er überhaupt so ein Abenteuer suchte. Erst kürzlich hatte er extra für diese Reise seinen Jagdschein gemacht und er hatte währenddessen in immer stärkerem Maße das Gefühl, wie weit jenseits dieses archaische Männergehabe von seinem wirklichen Leben entfernt ist. Es blieb nur der Reiz des Wilden, Ungezähmten, was er bis dato nur aus Büchern und Filmen kannte und der Wunsch, in diese Welt einmal eintauchen zu wollen.

Aber war es das wirklich?

Oder war es ganz etwas anderes?

Er war vor Kurzem 50 geworden. Nicht, dass er das jetzt besonders bedeutsam fand. Er feierte schon jahrelang nicht seine Geburtstage und auch diesen beging er nur in einem kleinen familiären Rahmen. Doch gerade die letzten zwanzig Jahre sind vorbeigeflossen, als sei er auf einer Zeitreise gewesen: Nur mal eben kurz weg, nicht der Rede wert, bin gleich zurück.

So kurz es ihm vorkam, so viel älter ist er tatsächlich geworden, fühlt sich dabei aber eigentlich viel jünger, wenn nicht das eine oder andere Zwicken und Zwacken, das herausschneiden hautkrebsverdächtiger Stellen auf seinem Rücken durch die Hautärztin oder das bohren des Urologen in seinem Anus mit dessen Finger ihn daran erinnern, dass er eigentlich ein alter Mann ist.

Wenn er beim Bezahlen im Supermarkt sich mal wieder besonders dämlich anstellt, die Plastikkarte richtig in das Gerät reinzuschieben und die Kassiererin ihm behilflich sein muss und ihn mit ‚junger Mann‘ anspricht, fällt es ihm garnicht besonders auf, denn eigentlich stuft er sich als solcher ein, wobei der Blick der Kassiererin verrät, dass sie das eher nicht so sieht. Aber er schaut sie nicht an, weil er sich sehr konzentrieren muss, um an dem Gerät nicht ein zweites Mal zu versagen.

Vielleicht waren es die Kinder, die in gefühlter Lichtgeschwindigkeit erwachsen geworden sind.

Er hatte ihnen doch gefühlt erst gestern noch die Windeln gewechselt, sie mit Brei gefüttert, ihren ersten Schultag erlebt, ihnen mit feuchten Augen bei ihren Theateraufführungen zugeschaut und beim Fußball-Punktspiel mitgefiebert.

Jetzt sind sie ausgezogen, sind ihre eigenen Wege gegangen.

Einige seiner Freunde im gleichen Alter erleben eine Midlife-Krise: Treiben sich in schwarzer Kluft auf Heavy-Metal-Festivals rum, gehen laufend auf irgendwelche Partys oder in Musikclubs auf der Reeperbahn, wo wie in Jugendzeiten reichlich Alkohol fließt, oder wechseln sogar auf ihre alten Tage noch mal die Frau.

Nein, das kann ihm alles nicht einfallen.

Trotzdem bleibt so ein Gefühl, eine Erinnerung aus der Jugendzeit, wo er im Schwimmbad gegenüber den anderen mit gespielter Coolness zugestimmt hatte, vom großen Sprungturm zu springen, sich am engen Handlauf und den steilen Stufen Schritt für Schritt nach oben hangelt, zunehmend nicht nach unten schauen kann, weil die Höhenangst von ihm mehr und mehr Besitz ergreift und er nun an der Kante steht. Die anderen schauen zu ihm nach oben, kurz zuvor sind mehrere, viel jüngere Kinder ohne Problem gesprungen und offenbar lebend unten angekommen. Also wo ist das Problem?

Die Maschine sackt kurz ein wenig durch, wovon er aufwacht und er kann sehen, dass sie sich in den Wolken befindet.

Seine Träume brachten ihn der Antwort auf diese Fragen jedenfalls, zumindest vorerst, nicht näher.

———

London-Heathrow ist im Vergleich zum Hamburger Flughafen wirklich groß: Nach der Landung musste das Flugzeug auf dem Gelände eine gefühlte Ewigkeit herumfahren, bis endlich die Parkposition erreicht war. Seine Füße hatten sich gerade erst ein wenig erholt, als es jetzt erst richtig losging mit dem Fußmarsch. Dem internationalen Bereich ist in Heathrow ein eigenes riesiges Terminal gewidmet, auf dem sich gefühlt alle Menschen dieser Erde in einer großen Halle treffen. Und alle stehen da herum ‚wie bestellt und nicht abgeholt‘, weil die Anzeigen an den Bildschirmen nur die unmittelbar anstehenden Flüge und deren Gate anzeigen. So sitzen und laufen sie in dieser Halle herum, starren sich ob ihrer gegenseitigen Exotik gegenseitig an, dann wieder den Blick zum Bildschirm, wann es denn nun endlich weitergeht.

Unerheblich zu erwähnen, dass die komplette Prozedur der Kontrolle, einschließlich Stiefel ausziehen, natürlich nochmal zu durchlaufen war, aber Todd hat, was das betrifft, innerlich schon in den ‚Leck-mich-Modus‘ umgeschaltet.

Irgendwann war dann endlich sein Anschlussflieger angeschlagen und er fährt im Terminal mit einer U-Bahn zu seinem Gate. Auch der Flieger nach Calgary hebt pünktlich ab, er hatte seinen gewünschten Sitzplatz, rechts am Fenster, vor dem Flügel, damit er auf dem Weg Island, das Eismeer mit Eisbergen, Grönland mit seiner fantastischen verschneiten Bergwelt und dann die Endlosigkeit von Kanadas Norden sehen konnte. Der Flug geht immer nachmittags, also bei Tageslicht in Europa und es bleibt die ganze Zeit bis zum Ziel taghell, weil das Flugzeug neun Stunden lang dem Tageslicht folgt.

—

„Welcome to Canada" begrüßen einige etwas ältliche Menschen in weißer Cowboy-Kluft im Terminal des Flughafens die Ankommenden. Das Begrüßungskomitee der internationalen Flughäfen in Kanada besteht aus Rentnern, deren Rente nicht reicht und die daher die *Winkekatze* spielen um sich was dazuzuverdienen.

Todd konnte einigermaßen im Flieger schlafen, hatte natürlich die ganze Zeit die Boots von den Füßen gehabt und geht nun der Anspannung der Kontrollen zur Immigration entgegen. Auf der Pappkarte, die jeder Passagier kurz vor der Landung ausfüllen muss, hatte er vermutlich als Einziger bei den Fragen, ob man Drogen, Sprengstoff oder Waffen mit sich führt, ‚yes' bei den Waffen ankreuzen müssen, insofern war er natürlich Kandidat für die Zollkontrollen. Aber in Nordamerika haben die Leute zum Glück ein anderes Verhältnis zu Schusswaffen, als sonst in der westlichen Welt, daher reichten sein professioneller Waffenkoffer und das Papier der Botschaft ohne Probleme aus: „Have a nice trip", wünschte der Beamte.

Durch die Glasfront des Empfangsbereiches

winkt ihm sein Kumpel Ben bereits freudig zu und kurz danach liegen sich die beiden Freunde, die sich einige Jahre nicht persönlich getroffen hatten, in den Armen.

Ben ist genauso wie Todd die amerikanisierte Form seines deutschen Namens in einer freizügigen Abwandlung. Wer als Deutscher dort lebt ist schnell genervt, wenn man einen in Englisch schwer auszusprechenden Namen hat. Im englischsprachigen Raum ist der Vorname gegenüber anderen Leuten das Hauptkennzeichen in der Kommunikation, der Nachname ist quasi bedeutungslos. So wandelt man schnell seinen Namen, wenn er schwer auszusprechen ist und verdenglischt ihn, um den ewigen Nachfragen zu entgehen.

„Wir haben echt Glück, dass kein Schnee liegt", meint Ben auf dem Weg zum Parkplatz, „wir hatten aber im Oktober schon welchen, ist aber geschmolzen, wegen des Chinook*, mal schauen, ob wir die nächste Woche ohne Schnee erleben werden".

„Boah, geile Karre!", ruft Todd, als sie vor Bens neuem Truck* stehen, „neu?"

„Neu, gebraucht, ich mach keine Schulden für 'nen Wagen, da bin ich immer noch zu deutsch für, selbst nach 15 Jahren Kanada."

„Aber so'n Truck musste es schon sein, oder?"

„Klar, was anderes kommt nicht ins Haus."

„In Hamburg würden sie dir an der Karre mit dem Schlüssel langgehen, weil sie denken, dass du 'ne totale Umweltsau bist."

„Hier ist es schon anders. Der Truck ist quasi der

legitime Nachfahre der Pferdefuhrwerke der Pioniere und insofern ein absolutes Muss für jeden Mann."

Den großen Koffer auf der offenen Ladefläche, den Gewehrkoffer aber unter der hochklappbaren Rücksitzbank fahren sie in seinem Truck zu sich nach Hause. Er hat mit Frau und Sohn ein schönes Einzelhaus* mit Einliegerwohnung im Souterrain in einem besseren Stadtteil im Nordwesten der Stadt. Vom Wohnzimmer aus hat man bei klarem Wetter einen Blick auf die Rocky Mountains, die ungefähr eine Fahrstunde westlich beginnen. Nach einem gemeinsamen Sundowner, einem Margerita Cocktail, geht es ins Bett, auch wenn Todd nicht besonders müde ist, aber er will und muss sich schnellstmöglich auf die kanadische Zeit umstellen, denn schon morgen früh soll es losgehen, auf die Jagd*.

Er hatte gar kein Krachen eines Schusses gehört, brachte aber deutlich in Verbindung, dass er wegen der Kugel in seinen Körper jetzt auf dem Boden lag. Er tastete in seine Bauchgegend, weil er da etwas Diffuses spürte, kein wirklicher Schmerz aber irgendetwas Fremdes an seinem Körper. Der dick gefütterte Jagdanzug an der Stelle war feucht, regelrecht nass und er versuchte den Kopf in die Richtung zu drehen, um zu sehen, was an der Stelle so nass war. Es ging nicht, er konnte ihn nicht weit genug drehen, dazu die blendende Sonne, aber er sah deutlich, dass der Schnee im Bereich seines Rumpfes nicht mehr pulverig weiß, sondern feucht rot war.

2

Ansitzen

Todd kann am nächsten Morgen dank der Holzbauweise kanadischer Häuser das Leben der Familie ein Stockwerk über seinem Souterrain-Quartier mitverfolgen: Das herumlaufen, Duschen, Geschirrklappern, und er kann hören, wie sich Personen unterhalten, Bens Sohn zur Schule und seine Frau zur Arbeit abfahren. Er trottet nach oben, begrüßt seinen Kumpel mit einer Umarmung, der fragt ihn, wie gut er geschlafen hat. Todd antwortet, dass er bestens geschlafen hätte. Diese pleasentries* gehören auch in einem deutschstämmigen Haushalt zu den allgemeinen nordamerikanischen Höflichkeitsformen.

„Hör zu, wir können heut noch nicht los, weil Andy geschrieben hat, er muss heut mal wieder zu Hause auf einen Gutachter von der Versicherung warten."

Andy ist ein Kumpel von Ben, passionierter Jäger und derjenige, der Ben mal auf den Trichter gebracht hat, mit dem Jagen zu beginnen. Beide lernten sich auf der Polizeischule kennen, da sie vorhatten, in den Polizeidienst einzusteigen. Der Job hat in Kanada den Riesenvorteil krisensicher zu sein. Der paycheque* kommt 14-tägig mit der Post, selbst wenn man im Dienst mal als zweiter geschossen hat, dann ist zumindest die Familie abgesichert. Aber beide sind im strengen Auswahlverfahren irgendwann durchgefallen, was besonders ärgerlich für Andy war, denn dieser war durch einen Autounfall Jahre zuvor gehandikapt. Was da wirklich los war, bleibt im Verborgenen, auf jeden Fall klagt Andy gegen Gott und die Welt und macht auf schwerbehindert und arbeitsunfähig. Wie er diese Geschichte mit seiner Polizeibewerbung in Einklang bringen wollte, weiß sicher nur er selbst.

Ben gießt ihnen beiden einen Kaffee ein und sie setzen sich an den Esstisch.

„Also, ich hab dieses Jahr tags* für 3 Rehe

bekommen, leider nur eines davon ein whitetail*, aber ausschließlich doles*"

„Aha, wir müssen also aufpassen, nicht 'nen Bock zu schießen". Beide Männer müssen angesichts des Wortspiels auflachen.

„Ja wir müssen mal schauen, Du hast zwar keine Legitimation zum Abschuss, aber da fragt im Nachhinein niemand nach, wer geschossen hat."

„Okay". Todd wird es einfach auf sich zukommen lassen Sein Gewehr wird er schon nicht umsonst mitgenommen haben.

„Wir können heute vielleicht Richtung Canmore raus ins Indianerreservat, die Wummen ein wenig einschießen, was meinst Du?"

Todd war einverstanden und so packten sie nach einem nordamerikanischen Frühstück, sprich ungetoasteter Sandwichtoast mit peanut butter und Kaffee mit irgendwelchen seltsamen Geschmacksaromen, ihre warme Kleidung zusammen und Ben holte die Gewehre aus dem riesigen Waffenschrank im Souterrain, packte dazu noch zwei Kleinkalibergewehre .22 ein: „Vielleicht gehen wir nachher noch ein bisschen Goofer* schießen"

Sie beladen seinen Truck: Für alle Gewehre findet Ben Platz unter der Rücksitzbank.. Auf die Ladefläche, auf der immer allerlei Gerümpel oder auch Müll permanent herumliegt, legt er noch zwei Gartenstühle und ein Sixpack Dosenbier hinzu.

Schon nach kurzer Zeit sind sie raus aus der Stadt, unmittelbar dahinter beginnt eine gewaltige Prärie mit wenigen Bäumen aber nur geringfügiger Landwirtschaft – Indianerland. Ben kennt sich aus und biegt von der Hauptstraße auf einen Schotterweg ab in ein buschiges Gelände mit einem kleinen Birkenwäldchen. Da taucht ein Holzhaus vor ihnen auf einer Freifläche auf, nur wenige Meter entfernt vom Bow River*. Auf den ersten Blick denkt Todd, wie herrlich dieses Haus hier direkt am Wasser liegt, bis ihm beim Näherkommen auffällt, dass überall Müll herumliegt, aber nicht Müll im Sinne von Haushaltsmüll, sondern kaputtes Kinderspielzeug, eine Kinderkarre, ein Radio, massenhaft leere Flaschen und Getränkedosen, dazu noch die üblichen Schrottautos, die aber jeder Bewohner der plaines* auf seinem Grundstück stehen hat. Das Haus ist verlassen, die Fensterscheiben eingeschlagen. Sie steigen aus dem Wagen und gehen auf das Haus zu, steigen die Treppe zur porch* hinauf. Die Haustür steht halb offen. Der Blick nach drinnen zeigt Mobiliar, alles zerstört, wie die völlige Verwüstung nach einem Einbruch. Dazu überall Einschusslöcher, zerborstene Flaschen, Holzbalken, die offenbar von Geschossen zersplittert wurden.

„Das ist ein Indianer-Haus. Viele der first nations* kriegen das sesshafte Leben einfach nicht gebacken und irgendwann hauen sie einfach ab und lassen alles stehen und liegen.", erklärt Ben.

Todd dreht sich um und lässt den Blick über das riesige Grundstück und zum Fluss schweifen und denkt sich, was würden wohl gefühlt eine halbe Million Hamburger, die in engen Mietswohnungen an einer Hauptverkehrsstraße wohnen, darum geben, hier wohnen zu können?

Ben stellt einige Flaschen, Dosen und das zerborstene Kofferradio auf die Fensterbänke und die Balustrade der Veranda, dann gehen sie zum Wagen, nehmen ihre Gewehre aus dem Koffer, lassen, die tailgate* herunter, die ihnen als Arbeitsfläche dient, setzen die Bauteile zusammen und gehen weitere vierzig Meter vom Haus weg. Ben drückt Todd eine Handvoll Patronen in die Hand, *30 out 6* genannt, zeigefingerlange und -dicke Geschosse, die sie in Ihre Gewehre laden.

Ben justiert sein Gewehr und pendelt sein Zielfernrohr ein. „Ohropax?" fragt Todd, „oder bist Du aus dem Alter raus?"

Ben lächelt, setzt das Gewehr wieder ab, stopft sich zwei gelbe Stöpsel in die Ohren, „besser ist das".

Auch Todd hat sich zwei Gummistöpsel zwischen den Fingern warmgezwirbelt und in die Ohren gedreht, als Ben den ersten Schuss krachen lässt. Am Haus ist nur eine feine Staubwolke zu erkennen, an der Stelle, an der die Kugel eingeschlagen ist. Beide greifen ihre Ferngläser, die sie um den Hals hängen haben, um zu schauen, ob er getroffen hat.

„Und?", fragt Todd.

„Etwas zu hoch, muss mein Zielfernrohr nochmal nachstellen". Mit einem Imbusschlüssel dreht er minimal eine Schraube am Gewehr. Währenddessen legt Todd sein Gewehr an, zielt und drückt ab. Das klirrende Geräusch verrät, dass er eine Flasche getroffen hat. Beide blicken in die Ferngläser.

„Sauberer Treffer", meint Ben, „Glückwunsch".

„Ja, ich hab 'ne Flasche getroffen", Pause, „aber nicht die, die ich anvisiert habe". Sie müssen beide lachen.

Schritt für Schritt arbeiten sie sich heran, justieren nach, kommen in Übung und nach einiger Zeit, nachdem mancher Balken durchschlagen und Teile der Hausverkleidung zersplittert sind, ist jeder Schuss ein sicherer Treffer.

Sie gehen zurück zum Wagen und legen ihre Gewehre in den Fußraum des Fonds und Ben startet den Motor, denn sie sind ziemlich durchgefroren.

„Ich hab 'ne halbe Stunde von hier Kontakt zu 'nem Farmer, auf dessen Land ich in Zukunft vielleicht jagen darf, der will aber, dass ich regelmäßig bei ihm Goofer schieße, woll'n wir da noch hin?"

„Klar"

Die Farmer erwarten von Jägern, dass sie auf ihrem Land die kleinen Erdmännchen und auch Kojoten schießen. Die Erdmännchen graben auf den Feldern Löcher und bauen unterirdische Höhlen, in denen Rinder sich öfter die Beine brechen, wenn sie da hineingeraten. Kojoten greifen im Winter häufig Jungtiere an, daher sind sie alles andere als beliebt.

Nach einiger Zeit erreichen sie außerhalb des Indianergebietes ein umzäuntes riesiges Präriefeld, auf dem in weiter Ferne einzelne Rinder zu sehen sind. Todd springt aus dem Wagen um ein Gatter zu öffnen, durch das Ben mit dem Wagen hineinfährt. Sie fahren noch weitere zehn Minuten auf dem Feld umher, bis Ben den Wagen auf einer leichten Anhöhe parkt, dann steigen sie aus und Ben drückt Todd eines der Kleinkalibergewehre in die Hand. Sie steigen auf die Ladefläche, die sie jetzt als Ansitz nutzen, klappen die Stühle aus, öffnen sich bei fahler Mittagssonne eine Dose Bier und richten die Gewehre aus. Die Goofer haben sich natürlich bei ihrer Ankunft versteckt und es dauert eine ganze Zeit, bis sie wieder Vertrauen haben und die Neugierde überwiegt, aus ihren Löchern zu schauen. Die beiden Männer verursachen nahezu kein Geräusch, höchstes das leise schlürfen, wenn sie ihre Bierdose am Mund ansetzen.

Die Patronen des Kleinkalibergewehres sind sehr klein, geformt wie die Pole eines Elektrosteckers. Daher sind die Schüsse nicht sehr laut und verursachen kaum Rückschlag beim Schießen.

So sitzen sie zurückgelehnt im Stuhl, die Füße hochgelegt auf der Ladebordwand und visieren die ersten Goofer mit Kimme und Korn an.

Die Tiere richten sich auf ihren Hinterläufen auf und versuchen das Terrain zu überblicken, dabei stehen sie einen Moment still. Dies ist genau der Zeitpunkt, an dem man sein Gewehr ausrichten und schießen muss.

Auch hier brauchen sie etwas Zeit, aber schon kurz nach den ersten Schüssen haben sie sich eingeschossen und bestimmt zwanzig von den kleinen Tierchen erledigt.

Dank Mobilfunkempfang selbst in der entlegensten Ecke, kann Ben seiner Frau einen Text schreiben, dass sie heute noch nicht losgefahren sind und abends nach Hause kommen würden. Seine

Form, ihr zu signalisieren, dass sie gerne nach Ankunft ein ordentliches Abendessen hätten.

Wenn man in Hamburg gefühlt Stunden braucht, um mit dem Auto durch die Stadt zu kommen, ist es in Kanada die Riesenhaftigkeit der Landschaft mit entsprechenden endlosen Fahrtstrecken, die dazu führen, dass man enorme Zeit im Auto verbringt. So ist es längst dunkel, als sie zu Hause wieder ankommen.

Wie gewünscht steht das Essen auf dem Tisch und wie meistens in der Familie ein Gericht mit Wildfleischeinlage. Dies essen sie aber nicht, weil sie so unbedingte Fleischesser sind, sondern aus einem ganz anderen Grund.

Der Schockzustand ging unmittelbar in eine panische Verzweiflung über, ausgelöst durch die Erkenntnis, dass sein Leben jetzt unmittelbar vor dem Ende steht. Aber er zwang sich zur Ruhe, wusste, wenn er das Bewusstsein verliert, ist es aus, nein, er muss sich jetzt zusammenreißen ! Er versuchte seinen eher langgestreckten Körper etwas zusammenzuziehen und spürte dabei einen stechenden Schmerz, der ihn aufstöhnen ließ. Jetzt konnte er aber den Ellenbogen eines Armes auf die Stelle im Bauchbereich drücken, aus der das Blut herausquoll. Seine Kräfte waren völlig am Ende, er war zu keiner weiteren Bewegung mehr fähig, lag ruhig und konzentrierte sich darauf gleichmäßig zu atmen.

3

Aufbrechen

Ben und seine Frau leben schon geraume Zeit mit der Problematik, dass ihr einziges Kind Diabetiker ist, sich also mehrfach täglich den Blutzucker messen und Insulin injizieren muss. Um die Insulinmengen so gering wie möglich zu halten, darf das Kind nahezu keine Süßigkeiten essen und vor allem mussten sie dessen Ernährung so wenig kohlehydrathaltig wie möglich gestalten. Jede Kartoffel wurde fortan vor dem Essen abgewogen. Aus familiärer Solidarität haben er und seine Frau diese Umstellung natürlich mitgemacht. Zumindest Ben hat das auch gutgetan, denn seit dem ist er erheblich schlanker und auch sportlicher geworden.

Irgendwie hatten sie in Erfahrung gebracht, dass Fleisch als Nahrungsmittel ideal für einen Diabetiker ist, nur ist der Lebensmitteleinkauf in Kanada deutlich teurer als in Deutschland und Fleisch zusätzlich besonders, wenn man nicht auf irgendwelches Zeugs aus der auch dort skandalträchtigen Fleischindustrie zurückgreifen wollte.

Andy brachte Ben daher auf den Gedanken, mittels der Jagd auf Rehwild günstig die Gefriertruhe zu füllen und so erinnerte er sich seiner früheren Schießleistungen bei der Bundeswehr, der Erfahrung als Junge seinem Vater bei vorweihnachtlichen Kaninchenschlachten geholfen zu haben und so ging er bei Andy in die Jagd-Schule.

—

Eigentlich kam es Ben ganz gelegen, dass sie gestern nicht bereits aufgebrochen waren, so bleibt heute Morgen noch Zeit, der sonntäglichen familiären Standardbeschäftigung, dem Gang zum Gottesdienst, nachzugehen. Todd hatte sich kleidungsmäßig darauf eingestellt, denn sonntags, das kannte er bereits aus früheren Besuchen, wird sich erstmal richtig schick gemacht: Bundfaltenhose, Hemd, Jackett und schwarze Schuhe. Bens Frau im Kleid. Da sie es zeitlich mal wieder auch wegen ihres Sohnes nicht geschafft haben, wollen sie zum zweiten Service*, fahren im Auto zu ihrer Kirche und stehen, als sie ankommen, erstmal im Stau. Die Polizei regelt den abfahrenden Verkehr vom ersten Gottesdienst und Parkplatzeinweiser, Freiwillige der Kirche, versuchen die vielen Autos auf ihrem riesenhaften Gelände unterzubringen. Viele Familien strömen zu einem riesigen Gebäude, das eher den Eindruck einer Konzerthalle macht, als einer Kirche im deutschen Sinne ähnlich zu sehen. Sie geben ihre Jacken an einer Garderobe ab, dann gehen sie in die unteren Stockwerke in denen es vor Kindern nur so wimmelt und die während des Gottesdienstes in verschiedenen Gruppen von älteren Jugendlichen auf christliche Weise bespaßt werden. Ohne Probleme gibt Bens Frau ihren Sohn dort ab. Die Erwachsenen stehen anschließend wieder oben auf der ‚Plaza‘, wo man immer irgendwelche Bekannten oder Mitglieder der weiteren Familie trifft, sich wahrhaftig über Gott und die Welt unterhält, vielleicht gegenüber bestimmten Leuten fallen lässt, dass man zu Hause was reparieren müsste und dafür Hilfe gebrauchen könnte, denn darum geht es wohl eigentlich: Der soziale Anschluss und Zusammenhalt, dem gegenseitigen Unterstützen in allen Lebenssituationen. Ben hat mal gesagt, dass man ohne Anschluss an eine Kirchengemeinde sozial isoliert, ja sogar quasi in Kanada nicht lebensfähig sei. Die Türen zum großen Saal öffnen sich und beim Eintritt steht man am oberen Rand einer großen, halbrunden Konzerthalle. Auf der Bühne spielt eine Band, geleitet vom Organisten, seinerseits am schwarzen Flügel. Die Lautstärke ist enorm, obwohl das Schlagzeug sich in einem gläsernen Kasten befindet. Die Leute strömen hinein und suchen sich Plätze, setzen sich aber nicht hin, sondern fangen sofort an zu singen. Der Organist schmettert einen christlichen Popsong nach dem anderen und die Texte rollen an riesigen Videoleinwänden hinunter. Ein Unterschied zu einem Popkonzert ist für Todd eigentlich kaum feststellbar. Viele der Songs sind richtige Gassenhauer, mit eingängigen Refrains und werden vom Organisten, mit Gestik der Aufforderung mitzusingen, als befände man sich in einem Vorsingen zu ‚American Idol*‘, begleitet. Es macht den Leuten offenkundig richtig Spaß, so voll mit dabei zu sein.

Nach fast einer Stunde Singen tritt eine gewisse Verausgabung ein und dann leitet er mit gefühlvollen Balladen den Übergang zur Predigt des Pastors ein.

Die Musik verstummt, die Leute setzen sich und Todd kann sich etwas umblicken. Der Laden ist rappelvoll. An einem großen Mischpult steuern

Techniker die ganze Show, das Licht, die Videoeinblendungen und die Aufzeichnung der ganzen Veranstaltung, denn diese wird life im Internet übertragen.

Der Pastor läuft mit Headset am Kopf in gepflegter Freizeitkleidung auf der Bühne umher und unterhält die Zuschauer in einem Plauderton über alle möglichen angeblichen Begegnungen mit Gott und wie dieser Menschen in misslichen Lebenslagen ‚gerettet' hat. Das bestätigen einzelne Personen in einer Videoeinblendung oder es werden Fotos an die riesige Wand geworfen, die das Gesagte unterstützen sollen.

Immer mal wieder stehen Leute aus der Gemeinde auf, recken mit geschlossenen Augen wie in Trance ihre Arme in die Höhe, stoßen irgendwelche Ausrufe aus und wirken auf Todd, als seien sie jetzt bereit, sich ans Kreuz schlagen zu lassen.

Als nach mehr als einer Stunde Predigt endlich die Musik wieder losgeht und mit einem krachenden Abschlusssong die Veranstaltung zu Ende ist, hat Todd genug. Es war mal wieder ein Erlebnis, das mitzuerleben, aber es reicht ihm. Er könnte sich nicht vorstellen, jeden freien Sonntag hier zu verbringen, zumal, dass weiß er von Ben, der ‚Spaß' nicht gerade billig ist: Wie im Mittelalter müssen die Gemeindemitglieder nämlich ihren Zehnten, also zehn Prozent Ihres Einkommens der Kirche zahlen. Kein Wunder also, dass die in der Lage sind, so eine hochtechnisierte Show abliefern zu können.

Zurück zu Hause, wechseln beide Männer schnell ihre Klamotten, dann unternehmen sie den zweiten Versuch ins Jagdgebiet aufzubrechen. Sie fahren den Highway 2 nach Norden hinauf, machen aber noch einen kurzen Abstecher im Bass Pro Shop, einem gigantischen Supermarkt nur für Angel- und Jagdausrüstung. Dort ist Munition on sale*, daher wollten sie sich unbedingt noch eindecken. Mit großen Einkaufstüten voller Munition und ein paar anderen Jagdutensilien, Todd kaufte sich ein neues Messer, verlassen sie den Laden.

Nicht weit davon entfernt fahren sie auf ein großzügiges Grundstück mit einem etwas überdimensionierten Wohnhaus, welches für Europäer eher den Eindruck eines Landhotels erweckt, das Wohndomizil von Andy.

Todd grübelt darüber, wieso Grundstücke auf dem Land immer wie Schrottplätze aussehen müssen. Auch auf Andys Ranch liegt überall Gerümpel herum, Teile von Maschinen und vor allem Schrottautos, fast alle Trucks. Abgelegte Autos werden offenbar immer für die Ewigkeit im Garten ausgestellt.

Er begrüßt die beiden vor dem Haus, in voller Jagdmontur, allerdings in kurzen Hosen, denn minus fünf Grad sind für echte rednecks* noch das was für Deutsche plus 20 Grad sind.

„Hey you guys, how is it goin'?"

Sie geben sich die Hand und Ben stellt Todd Andy vor, die sich persönlich zuvor noch nicht begegnet waren.

„I'm the fuck'n driver, Ben is the shooter and who

27

the hell are you?", fragt er mit einem Lächeln, dass ausdrückt, dass er den Spruch witzig meint. Todd etwas überrascht von dem burschikosen Stil weiß keine so rechte Antwort, aber alle lachen und Andy schlägt Todd freundschaftlich auf die Schulter.

Ben als Neu-Kanadier, der immer noch mit seiner landed immigration*, herumläuft, ist längst als Inländer akzeptiert, da er die Lebensgewohnheiten der Menschen in fast jeder Hinsicht angenommen hat.

Natürlich, weil Andy nur Englisch spricht, aber auch sonst in der Öffentlichkeit sprechen Ben und Todd niemals Deutsch, was Ben ohnehin schon fast verlernt hat, sondern stets Englisch miteinander.

Todd muss sich allerdings in den Slang und den Sprachstil jetzt im Bunde mit Andy erstmal etwas einfinden.

Andy steigt in seinen Truck und Ben und Todd versuchen ihm zu folgen, denn er fährt die große Kiste, als sei sie ein Sportwagen.

„Ich dachte, der steigt in den Monstertruck, um uns mal zu zeigen, was ein richtiger Männer-Truck ist", meint Todd zu Ben. Vor dem Haus stand nämlich noch ein zweites riesenhaftes Geschoss von Pick-up mit überdimensionierten Reifen.

„Nee, das ist die Karre von seinem Sohn", antwortet Ben, „ist aber abgemeldet, weil er die Raten nicht mehr bezahlen kann und nun versucht er die Schüssel schon 'ne geraume Zeit zu verkaufen; will aber keiner haben, denn die Spritpreise liegen bei uns auch schon bei einem Dollar"

Sie fahren nicht auf den Highway zurück, sondern auf einer Landstraße gen Osten, vorbei an endlosen Feldern, auf denen teilweise immer noch der Mais steht, Richtung Drumheller*, eine Kleinstadt im typischen Einheitslook: Tankstelle, Motel, Fast-Food-Ketten.

Lunchtime im A&W, einer Burgerkette, die angeblich viel besser sei, als alle anderen. Andy machte sich über das Maxi-Menue her, die beiden anderen blieben bei kleineren Portionen und trinken dazu die Spezialität des Ladens, *root-beer*, einer Art Malzbier, natürlich mit *refill*, also der unbegrenzten Nachfüllmöglichkeit, bis es einem aus den Ohren wieder rauskommt.

Andy ist nicht so begeistert darüber, dass Ben einen Freund aus dem Ausland mit auf die Tour genommen hat. Er weiß, dass Ben ein guter Schütze ist, der weiß, wie richtige Männer in der Wildnis Kanadas sich zu verhalten haben, aber der Deutsche ist ihm suspekt, ein *rookie*, sicher ein Weichei, der wohlmöglich ihnen den ganzen Ausflug vermasselt. Entsprechend gibt er sich ihm gegenüber mürrisch, spricht in einem schwerverständlichen Slang, der für Todd häufig nur so halb verständlich ist.

Aber sie mussten zusehen, weiter voranzukommen, denn die Strecke war noch weit und auch Andy wollte möglichst bei Tageslicht noch ankommen, denn kurz hinter dem Dorf Consort werden die Straßen zu Schotterpisten, die sich nur noch *Township Road* nennen. Auf denen kann man so schnell fahren, wie auf asphaltierten Straßen, da sie mittels großen Maschinen regelmäßig eingeebnet und gepflegt werden, aber man muss exakt wissen, wo man hinfahren will, denn wenn es dunkel ist, ist es dunkel, richtig dunkel, ohne leuchtenden Mond und Sterne sieht man nichts, man würde sich wie ein Blinder in der Gegend bewegen, säße man nicht im warmen beleuchteten Truck, dessen Scheinwerfer einem immer plötzlich auf der Straße stehende Wildtiere aufzeigen und zum abruptem Bremsen zwingen.

Sie kommen aber noch vor vollständiger Dunkelheit an ihrem Ziel an: Der Farm von Charly, Andys Onkel, der ihnen in seinem Farmhaus Logis gewährt.

Charly und seine Frau Anne sind Rentner und haben die Landwirtschaft längst aufgegeben und ihre Felder verpachtet. Trotzdem reicht das Geld nicht fürs Alter: Er fährt auf Zuruf Schneeräummaschinen, sie arbeitet aushilfsweise im nächsten Ort als Friseurin. Wie fast alle Kanadier sind sie sehr gastfreundlich, bietet doch ein Besuch von Außerhalb mal eine gewisse Abwechslung im Alltag in der Einöde, aber insbesondere Anne ist nur so semibegeistert die drei Männer zusätzlich in ihrem Haus zu haben, meint sie sich doch in Punkto Bewirtung vollumfänglich um sie kümmern zu müssen. Das Angebot von Ben und Todd ihr in der Küche zu helfen, findest sie befremdlich und wird freundlich aber kategorisch abgelehnt. Emanzipatorische Errungenschaften aus Europa sind in Kanadas Wildnis längst noch nicht angekommen.

Ihre Antipathie gegenüber den Besuchern hat aber noch einen zusätzlichen Grund, der in der Person von Andy zu liegen scheint. Dieser hat sich wohl viele Jahre nicht um die beiden gekümmert und ist jetzt nur für die Jagerei wieder aus der Versenkung aufgetaucht, dazu kommen noch die unter der Oberfläche wabernden Geschichten seines vermeintlichen Unfalls, verbunden mit der Tatsache, dass er nicht arbeiten geht, sondern wohl irgendwem auf der Tasche liegen muss. Dies passt so überhaupt nicht zum Lebensverständnis der bis zum Tod hart arbeitenden Landbevölkerung.

Charly hingegen ist erfreut über den Besuch und mixt erst einmal ein paar Sundowner: Cola mit Captain Morgan Rum aus der Literflasche, dazu Eiswürfel, als hätten sie 30 Grad plus. Und er ist wissbegierig auf Neuigkeiten aus der Großstadt Calgary, die ihm Ben gerne vermittelt. Andy hingegen ist eher schweigsam, brabbelt ab und zu mal einen lockeren Spruch dazwischen, der alle auflachen lässt, außer Anne, die stets ein verkniffenes Gesicht zieht, wenn Andy den Mund aufmacht.

Wenn Todd sich ab und zu mal am Gespräch beteiligt und dabei ansatzweise eine europäische Sichtweise auf die Dinge anklingen lässt, macht Charly große Augen und Anne einen fast verwirrten Eindruck. Das Leben außerhalb der Weite Albertas oder sogar Kanadas erscheint ihnen wie von einen anderen Stern.

Die drei Männer beziehen Quartier im ausgebauten Souterrain. Im Gegensatz zum Haus von

Ben, entspricht das Untergeschoss hier eher einem Keller: Niedrige Decken, alte abgelegte Möbel, das Dauerbrummen der Heizungsanlage. Andy schläft als zweiter Herr des Hauses auf einem Queen-size Bett, Ben auf der Couch und Todd auf einem improvisierten Bett unter der Treppe. Aber alle sind guter Dinge, zumindest warm und trocken untergebracht zu sein, denn morgen geht es weit vorm aufstehen zum ersten Mal los, in die eiskalte Wildnis.

Die Stille der Wildnis ist für ihn als Großstädter so schon ein beeindruckendes Erlebnis, jetzt, im tiefen Schnee liegend fühlt sie sich an, als läge man im Grab. Aber nach wenigen Minuten registriert sein mittlerweile traniger Verstand, dass da doch ein Geräusch ist und dieses Geräusch wird immer deutlicher, es sind Schritte, schwere, im Tiefschnee auf ihn zukommende Schritte!

Rettung?

Nein, wer kann da zu seiner Rettung kommen?

Das kann nur der Schütze sein!

4

Ausharren

In Kanada auf die Jagd zu gehen ist so ganz anders, als in Deutschland. Man fährt im Truck durch die Landschaft, meist abseits der Straßen quer über die Felder, häufig mit eingeschaltetem Allrad in Minimalgeschwindigkeit. Dabei ist der dicke V8-Motor gefühlt leiser als der Motor einer Nähmaschine und alle können in die Landschaft spähen, mal mit bloßem Auge, mal mit dem Fernglas. Wenn einer ein

Stück Wild entdeckt, versucht man ihm mit dem Wagen ein Stück näherzukommen und dabei die mögliche Ziehrichtung des oder der Tiere abzuschätzen, ihnen also den Weg abzuschneiden. Das ist häufig nicht so einfach, die Landschaft trotz endloser, scheinbar übersehbarer Weite, hügelig, für den Truck oft nicht überwindbar und häufig stellen sich gerade in so einer Situation Stacheldrahtzäune in den Weg, die alle Felder gegeneinander abgrenzen. So muss man also zurück, zum nächsten Gatter, aussteigen, es öffnen, wieder schließen, ein Stück auf der Straße fahren, um die verlorene Zeit wieder einzuholen und dazu muss Andy laufend auf einen Kartenausdruck schauen, auf dem er mit Leuchtstiften die einzelnen Felder und deren Eigentümer eingezeichnet hat, die es ihnen erlauben auf ihren Land zu jagen und die es ihnen verbieten.

—

Todd wird durch die Weckmelodie von Bens Mobiltelefon wach, nein eigentlich ist er schon vorher wach, da Andy bereits gegen 4:30 Uhr herumtapst, die Klospülung betätigt, die knarzende Treppe hochstiefelt und oben offenbar im Küchenbereich herumwerkelt.

Ben signalisiert Todd sich zu beeilen, denn es ist entscheidend, zum richtigen Zeitpunkt im Jagdgebiet zu sein, unmittelbar zur Morgendämmerung.

34

Während Ben und Todd in der Küche stehend Peanut-Butter-Sandwiches essen, sich weitere zum Mitnehmen schmieren und dabei Andys Cowboy-Kaffee schlürfen, ist Andy bereits draußen und lässt den Motor seines Trucks warmlaufen. Das Thermometer am Küchenfenster zeigt -23 Grad.

„Wir fahren zusammen in Andys Wagen, der macht gerne den Fahrer, kennt sich aus und ich kann meinen Truck schonen, denn die Fahrerei geht ziemlich aufs Material", meint Ben.

Sie schnüren ihre gefütterten Stiefel zu und treten dick eingepackt vor die Haustür. Ben setzt sich auf den Beifahrersitz, Todd ins Fond. Zwischen den Sitzen hat Andy in seinem Wagen längsseitig eine Halterung eingebaut, sein *gun rack*, in das die Gewehre eingehängt werden. Er braust sofort mit Volldampf los durch die Dunkelheit. Nur schemenhaft lassen sich die Konturen der Landschaft erahnen. Andy weiß genau, wo er als erstes hin will.

Die Heizung im Wagen hat schon ganze Arbeit geleistet, Todd hat den Eindruck, eine Badehose könnte fast ausreichen, dann ziehen sie sich während der Fahrt die dicken Klamotten aus, denn der Schweiß läuft ihnen schon den Körper herunter. Andy hat das Radio aufgedreht und sie hören mit ziemlicher Lautstärke Country Musik des Senders aus Drumheller, der sogar mal Nachrichten bringt, allerdings nur Berichte über Verkehrsunfälle oder Verbrechen in der Umgegend, bei denen Offizielle der Polizei ein nichtssagendes Statement abgeben, dann die Sportmeldungen, NFL-Ergebnisse, Verkehrsmeldungen gibt es nicht, weil es nie etwas zu berichten gibt und das Wetter, mit den Temperaturen an verschiedenen Orten in der Gegend mit anschließenden chances of snow, flawies* oder rain.

Als Tim Mc Graw im Radio läuft, einer der bekanntesten Country Stars Nordamerikas, dreht Andy das Radio leiser und erzählt, dass er für dessen Konzert in Calgary eine Karte hätte, jetzt aber nicht hingehen kann, weil er mit Ben und Todd auf der Jagd ist. Offenbar will er den Beiden deutlich machen, dass es eine Ehre ist und sie es zu schätzen wissen sollen, mit einem wie Andy unterwegs sein zu dürfen.

Langsam sorgt die Morgendämmerung dafür, dass sich Himmel und Erde voneinander absetzen und die Riesenhaftigkeit der Landschaft erkennbar wird. Als Andy auf eine größere asphaltierte Straße einbiegt, die sich in einer scheinbar endlosen Linkskurve durch die Landschaft zieht, fährt er die ganze Zeit die Ideallinie verfolgend auf der linken Seite, obwohl ein Gegenverkehr nicht ausgeschlossen ist.

„Ich wusste gar nicht, dass wir in England sind", versucht Todd zu witzeln, um die schweigsamen Männer auf den Vordersitzen etwas aufzumuntern. Ben musste auflachen, Andy verzog aber keine Miene und fuhr stur weiter seinen Weg. Wie um sich bei Todd zu rächen, zündet er sich eine Zigarette an und fährt sein Seitenfenster komplett runter, sodass der eisige Wind Todd hinten von einem Moment auf den anderen ins Gesicht bläst und er sich schnell wieder anziehen und die Kapuze seines Anzugs über den

Kopf ziehen und festzurren muss. Andy will ja schließlich die beiden Nichtraucher nicht mit seiner Qualmerei belästigen.

Nach weiteren 15 Minuten Fahrt biegen sie wieder auf eine Schotterpiste ab und Andy fährt ganz langsam an eine Feldzufahrt heran. Ben steigt leise aus dem Wagen aus, lehnt seine Tür nur an und öffnet das Gatter. Andy gleitet in Schrittgeschwindigkeit hindurch und nachdem Ben das Gatter wieder geschlossen hat, steigt er wieder ein und zieht die Tür leise ins Schloss.

Die Sonne lugt am Horizont in ihrem Rücken und lässt eine gigantische Präriefläche erkennen, auf der unzählige riesige Heuballen in Wagenradform herumliegen. Diese Ballen aus Prairiegras lassen die Farmer den Winter über auf den Feldern liegen, denn sie dienen den Rindern, die ganzjährig auf der Weide sind als Futter. Selbst wenn der Schnee meterhoch liegt, haben sie immer noch etwas zu fressen.

Andy hält an, das Radio ist längst ausgeschaltet und die Männer unterhalten sich nur noch flüsternd. Ben und Todd steigen aus aber Andy meint Todd nochmal erinnern zu müssen, die Tür leise zuzudrücken und mit einem „keep your eagleeyes open" insbesondere an Todds Adresse, verabschiedet er sich und fährt davon.

Sie schultern ihre Gewehre, zurren ihre Rucksäcke auf dem Rücken zurecht und marschieren weiter in das Feld hinein. Dabei suchen sie bewusst Deckung hinter den Heuballen, machen ab und zu eine kurze Pause, um mit ihren Ferngläsern die Gegend abzusuchen.

Der Farmer hatte so rechtzeitig vor Winterbeginn das Feld gemäht und die Ballen gepresst, dass es noch Gelegenheit hatte, etwas nachzuwachsen. Gut für die Rinder, aber eben auch für das Wild, das das süßliche Prairiegras gerne frisst, angesichts kaum vorhandenem Busch- und Baumgrüns. Nichts mag das Wild lieber, wenn es zur Morgendämmerung aus seinen Verstecken auftaucht und hier bei bester Weitsicht fressen kann.

Nach einigen hundert Metern Fußmarsch von Ballen zu Ballen entdecken sie mit ihren Ferngläsern zwei Rehe. Sie sind bestimmt noch 500 Meter entfernt, unterbrechen ihr äsen nur gelegentlich um still wie eine Statue in die Landschaft zu schauen, ob sie in Sicherheit sind. Die beiden Männer sprechen nicht mehr, machen sich nur noch Zeichen und Ben signalisiert, dass sie weiter heran müssen. Sie versuchen im Sichtschatten des jeweils nächsten Ballens im Entenmarsch hintereinander voranzukommen, dabei beobachten sie jeweils im Schutze eines Ballens, ob die Rehe keine Witterung aufnehmen. Der Wind weht kaum merklich von der Seite, so können sie sich heranpirschen, ohne dass die Rehe eine Gefahr erkennen. Als sie wieder einen Ballen erreichen, sind die Rehe plötzlich nicht mehr mit dem Fernglas zu erkennen, Ben macht Zeichen, weiter voranzugehen. Ein paar Ballen weiter sind die Rehe wieder da. Sie erkennen, dass die Tiere in einer leichten Senke stehen und sie sie aus den Augen verlieren, wenn sie ihrerseits gerade in einer Senke stehen. Nach einiger Zeit sind sie nur noch 200 Meter von den Tieren entfernt und finden hinter einem Ballen eine ideale Schussposition, aus der heraus ein sicherer Treffer möglich ist. Ben legt sein Gewehr auf dem Ballen auf und schiebt ein wenig von dem Gras zur Seite, damit er eine optimale Auffliege- und Standposition erhält. Sein Gewehr hatte er natürlich bereits im Truck durchgeladen, seine Stöpsel im Ohr und er brauchte nur noch den Sicherungshebel nach unten schieben, um die Waffe scharf zu machen.

Todd hatte weder sein Gewehr durchgeladen, noch die Stöpsel in den Ohren, diese lagen irgendwo im Rucksack und den konnte er jetzt nicht am Reißverschluss öffnen, denn das kleinste Geräusch könnte die Tiere verscheuchen. Er musste sein Fernglas zur Seite legen und die Finger in die Ohren stopfen. Mit bloßem Auge war die Szenerie aber nur schwer zu verfolgen. Ben ließ sich enorm viel Zeit mit dem Abdrücken, es dauerte minutenlang und Todd fragte sich, warum er nicht endlich schießt, denn besser wird die Position nicht. Die Tiere stehen leicht seitlich zu uns, auf was wartet er?

Auch ohne Fernglas kann Todd sehen, dass die beiden Rehe sich bewegen und anfangen wegzurennen. Er nahm sein Fernglas wieder auf und konnte sehen, wie sie mit spielerischer Leichtigkeit über den Zaun sprangen und im Dickicht von Buschwerk im nächsten Feld verschwanden.

Sie sprachen kein Wort. Ben nahm sein Smartphone und schickte Andy einen Text, woraufhin der nach wenigen Minuten mit dem Truck bei den Männern war.

Sie stiegen wieder in den Wagen und Ben meinte: „I've seen their spikes*"

Andy gab sich mit der Erklärung nur eher widerwillig zufrieden. Dies äußerte sich darin, dass er kein Wort sagte und sich eine Zigarette anzündete, ohne das Fenster zu öffnen.

Das Geweih junger Böcke, also männlicher Tiere, für die sie keine tags besitzen, ist häufig schwer zu erkennen, da die Ohren manchmal länger sind als die Hörner.

Aus Sorge, ein männliches Tier vor Augen zu haben, hat er schlussendlich auf einen Abschuss verzichtet.

Andy fährt zurück zum Feldzugang und sie brausen auf den Schotterpisten in der Gegend umher. Manchmal bremst er scharf, fährt sein Fenster herunter, zückt sein Gewehr, zielt und schießt in die Landschaft.

Die beiden anderen haben das Ziel nicht erkannt, zumindest weit nachdem Andy es während des Fahrens erspäht und dann durch einen einzigen präzisen Schuss erlegt hat. Er schießt auf Coyoten, Wildhunde in der Größe eines Fuchses.

Nachdem er sein Gewehr wieder im Rack abgelegt hat, zückt er kommentarlos drei Streichhölzer, eines davon zur Hälfte abgebrochen, verbirgt sie in seiner Hand und lässt davon die gleichmäßigen Köpfe herausstehen. Ben und Todd ziehen je ein Streichholz und Todd hat das kurze gezogen. Andy muss niemandem, selbst Todd nicht erklären, was das bedeuten soll. So steigt er wortlos aus, klettert über den Zaun des Feldes und macht sich auf den Weg in Richtung des geschossenen Coyoten.

Als er bei dem toten Tier ankommt, sieht er, dass Andy es exakt im Brustbereich getroffen hat und muss sich schon eingestehen, dass er ein verdammt guter Jäger ist. Er packt das Tier an den Hinterläufen und stapft durch die Wildnis zurück zum Truck. Dort schmeißt er es in eine Ecke der Ladefläche, in der schon ein paar andere liegen.

Andy verkauft die Coyoten an die Hutterits* in der Nähe seines Wohnortes, weil sie die Felle für irgendetwas verwenden, insofern muss einer der drei ab und zu aussteigen und einen kleinen 10-Minuten-Fußmarsch hinlegen. Irgendwie schafft Andy es allerdings immer, nicht derjenige zu sein, der gehen muss.

Tagsüber ist es eigentlich mehr oder minder sinnlos in der Gegend herumzufahren, da das Wild sich meist versteckt hält. Sie könnten eigentlich zurück zur Farm fahren und sich ein wenig aufs Ohr hauen, bevor es zur Abenddämmerung wieder interessanter wird, aber nicht mit Andy. Er fährt über die Felder, späht umher, hält manchmal an und greift zum Fernglas, lässt das Seitenfenster runter und wieder hochfahren und weiter geht es, denn es lässt sich selten Wild blicken, zumindest keine stehenden Tiere in einer aussichtsreichen Schussposition.

Als er einmal wieder anhält und das Fernglas zückt, haben auch die beiden anderen entdeckt, was er beobachtet. „*Moose**", erklärt Ben Todd, „wenn ich einen davon schießen dürfte, können wir nach Hause fahren, dann wären die Gefriertruhen voll bis oben hin"

Elche stehen manchmal still in der Landschaft herum und fressen, ohne sich großartig von Menschen stören zu lassen. Man kann so ein Tier also quasi ohne top-Schießleistung erlegen. Allerdings ist es sehr selten für einen Elch von der Jagdbehörde einen tag zu erhalten. Dazu kommt, dass das Tier so gewaltig schwer ist, dass man mit einem Autotrailer mit Winde ins Gelände fahren muss, um es herauszubekommen.

Irgendwann hat Andy auch keine rechte Lust mehr und sie machen ein lunchbrake* auf einer baumlosen Hochebene bei strahlendem Sonnenschein. Sie kauen auf ihren Sandwitches und powerbars* und trinken Mineralwasser mit irgendwelchen künstlichen Geschmacksrichtungen.

Sie lassen sich die Wintersonne ins Gesicht scheinen und dösen ein wenig herum, in der Hoffnung, dass der Tag vorbeigeht und die Dämmerung einsetzt.

Langsam aber sicher merkte er, wie ihn das Bewusstsein verlässt, er wegdämmert aber manchmal auch zu zittern beginnt, wenn der Körper, sich gegen das drohende Versagen lebenswichtiger Organe zu stemmen versucht. Er fragte sich, warum der Typ hier hochgestapft kommt? Das kann der doch nur machen, weil er sichergehen will, dass er wirklich tot ist!

5

Abfeuern

Andy ist rastlos. Sie fahren schon den ganzen Tag umher und nichts, nichts, nichts kam ihnen vor die Flinte. Charly, ebenfalls ein erfahrener Jäger, sagte mal, dass sie fast ausgerottet waren und sie ganz sicher gelernt haben, was das für Typen sind, die da mit ihren Trucks und Gewehren über die Felder fahren. Tagsüber verbergen sie sich in den Büschen und den verwilderten kleinen Baumgruppen, die es überall in der Gegend gibt. Die sind so dicht, dass man dort kaum hineinkommt, erst recht nicht geräuschlos. Wenn Andy dann mal wieder richtig der Frust packt, murmelt er: they're hid'n and laughing at the stupid white men".

Als sich der Tag langsam dem Ende neigt, entdecken sie plötzlich eine Herde whitetail, die bei Jägern besonders beliebt ist, weil deren Fleisch nicht den typischen Wildgeschmack hat, sondern eher wie Rindfleisch. Auf die ist Andy besonders scharf. Andy und Ben haben jeweils einen tag für ein whitetail und Andy hofft auf einen Deal mit Ben, wonach er dessen whitetail bekommt und Ben dafür alle seine restlichen tags. Andys Familie mag sein Jagdfleisch nicht und isst wenn überhaupt ausschließlich das whitetail-Fleisch, den Rest muss er immer als Hundefutter verwenden.

Andy wird jetzt total kirre und heizt bei schon einsetzender Dunkelheit den Tieren auf der Straße hinterher. Irgendwann laufen sie auf ein Feld. Ohne zu schauen, ob es für sie erlaubt ist oder nicht, schreit Andy Todd an, auszusteigen und das Gate zu öffnen. Der beeilt sich so schnell er kann und hängt beim wieder einsteigen noch mit einem Bein am Boden, als Andy wieder voll aufs Gas tritt.

Sie heizen über das Feld, sodass sie permanent durchgeschüttelt werden und mit den Köpfen gegen das Dach stoßen. Aber die Dunkelheit ist scheinbar schneller. Schon kann man nur noch schemenhaft die Tiere erkennen. Andy stellt den Wagen quer, fährt das Beifahrer-Seitenfenster runter und blökt Ben an:

„Los schieß, verdammt, die hau'n ab !"

Obwohl es streng verboten ist, aus dem Auto auf Wild zu schießen, folgt Ben hektisch Andys Anweisung, versucht mit seinem Gewehr zu zielen und drückt ab.

Todd hatte die Finger in den Ohren und brauchte auch garnicht weiter schauen, ob er getroffen hatte, denn ein Schrei von Ben und spritzendes Blut, von dem alle etwas abbekamen, verbunden mit Flüchen der beiden Männer, Andy, weil Ben danebengeschossen hatte, Ben, weil beim Rückschlag des Gewehres ihm sein Zielfernrohr unter seinem rechten Auge eine tiefe Platzwunde zugetragen hatte.

Ben legt sein Gewehr zurück ins Rack und Andy reicht ihm ein Päckchen Papiertaschentücher, aus dem sich Ben bei weiter laufendem Blut umständlich eines herauszupfen musste und dann endlich die blutende Stelle im Gesicht etwas zudrücken konnte.

Andy merkt, dass er es übertrieben hatte und die ganze Aktion Schwachsinn war. Niemals hätte Ben bei der schlechten Sicht einen sicheren Treffer landen können, da hätte selbst John Wayne Probleme gehabt. Sein Puls fährt runter und er wird wieder der Schweigsame, der er sonst meistens ist.

Okay, der Tag ist durch, er schickt seinem Onkel einen Text, dass sie zurück zur Farm kommen und Ben verletzt ist.

Als sie ankommen, hat Anne natürlich das Essen servierfertig und gleichzeitig die umfangreiche Hausapotheke auf dem Küchentresen ausgebreitet. Sie verarztet Ben und tapet sogar die Platzwunde, sodass sie sich die stundenlange Autofahrt nach Red Deer* ins Krankenhaus sparen können. Farmersfrauen in der kanadischen Wildnis sind offenbar auch stets gleichzeitig Krankenschwestern.

Dann tischt sie das Essen auf und alle bedienen sich aus den verschiedenen Schüsseln. Todd ist verwundert, dass am Tisch gequatscht und einfach losgegessen wird. Das ist ungewöhnlich, da die Menschen generell alle sehr religiös, auf gute Tischmanieren getrimmt sind und vor dem ersten Bissen erstmal alle andächtig die Hände falten und einer ein „Thank you father"-Gebet mit Bezügen zu bekannten Personen und Erlebnissen des Tages spricht. Nicht so hier. Keine Spur von Religiösität, selbst Ben scheint seine sonst üblichen Gebets-Rituale vergessen zu haben.

Nach dem Essen gibt es Kaffee und eigentlich fast gleichzeitig den bekannten Sundowner.

Andy daddelt am Handy und Charly nimmt die Gelegenheit wahr, seinem Neffen sein neues Mobiltelefon zu zeigen und ihn mit Fragen zur Technik und zum Handling seines neuen Gerätes zu befragen. Irgendwann quatschen alle Männer auf Charly ein und überschütten ihn mit Informationen, was er mit dem Gerät alles für ‚tolle' Sachen machen kann. Als Todd dabei den in Deutschland üblichen Begriff ‚Handy' benutzt, die anderen aber von ‚phone*' sprechen, fragt Charly irgendwann Todd:

„Who is handy, anyway ?"

Da muss er ihnen erklären, dass die Deutschen für das Mobiltelefon einen eigenen englischen Begriff erfunden haben, den der englischsprachige Raum gar nicht kennt.

„Really, you must be jokin' ?"

Ben als Neueinwanderer war das natürlich bekannt

und er grinste in sich hinein. Charly und Andy konnten es nicht recht glauben. Anne schüttelte den Kopf:

„Stupid", grummelte sie nur.

Todd muss sich anstrengen, dass ihm nicht die Augen zufallen, denn der lange Tag an der frischen Luft, dazu die Anstrengung den Gesprächen im ländlichen Slang folgen zu wollen, machen ihn müde. Er ist fast froh, dass Andy den Anfang macht und sich zur Nacht verabschiedet, so hat er keine Hemmungen sich ebenfalls unter Hinweis auf den erneut sicher anstrengenden morgigen Tag in sein Kellergemach zu verziehen.

—

Neuer Tag, neues Glück; oder eher nicht, denn der nächste Tag, der erneut um 5:00 Uhr morgens beginnt, bringt nicht den erhofften ersten Jagderfolg.

Andy ist wie immer schweigsam und zündet sich statt dessen in Abständen eine Zigarette an, Ben ist langsam etwas vergrätzt.

„So'n Scheiß, Mann, ich hätte gestern Morgen einfach abdrücken sollen", sagt er in Todds Richtung.

Todd erwidert nichts und beobachtet die vorbeiziehende Landschaft, dann fährt Ben fort:

„Vor zwei Jahren hatten wir schon am ersten Tag alle Rehe auf'm Wagen und konnten nach Hause fahren."

Todd ist fast froh, dass es nicht so gekommen ist, denn er ist ja schließlich extra für diesen Jagdausflug tausende Kilometer nach Kanada geflogen. Das wäre fast so, wie hunderte Euro für eine Karte eines Spitzenboxkampfes auszugeben, der nach 2 Minuten wegen k.o. zu Ende wäre.

Es war schon fast Mittag, als sie zwei Rehe in einiger Entfernung über die Felder laufen sahen. Andy trat aufs Gas und sah gleichzeitig auf seine farblich markierte Karte, um sich zu orientieren. Er konnte die Tiere auf einer Schotterstraße einige Zeit parallel verfolgen, dann bogen sie ab und überquerten die Straße 50 Meter vor ihnen, um in ein anderes Feld zu springen. Sie haben Glück, denn unmittelbar auf ihrer Höhe verläuft eine weitere Schotterstraße nach rechts, in die Andy abbiegt. Nach einiger Zeit sehen sie die Tiere wieder und Andy gibt jetzt Gas, damit sie sich vor sie setzen können. Nach einigen Kilometern hält er an, um Ben und Todd aussteigen zu lassen. Zuvor haben beide ihre Gewehre durchgeladen und sich die Stöpsel in die Ohren gestopft. Mit Ihren Rucksäcken und Gewehren über der Schulter machen sie sich auf den Weg, den Tieren auf dem Feld entgegen zu gehen. Todd prüft die Windrichtung: Es passt, ein kaum spürbarer Wind kommt ihnen entgegen, damit können die Tiere die Männer nicht wittern. Zuerst müssen sie über den Stacheldrahtzaun klettern. Todd bleibt hängen, reißt sich dabei ein Loch in die Hose und stürzt zu Boden. Ben zeigt ihm, wie man so einen Zaun übersteigt: linke Hand am Pfosten, linkes Bein mittig direkt am Pfosten in den Draht gestellt und mit dem rechten überspringen. Wenn man das weiß, geht es erstaunlich leicht.

Das Gelände dieses Feldes ist erheblich hügeliger als andere und es befinden sich in den Senken jeweils auch mehr Buschwerk und kleine Bäume. Sie beschließen sich aufzuteilen, holen ihre Wollmützen und Handschuhe in signalfarbigem Fleecestoff heraus, damit sie sich besser erkennen können und nicht gegenseitig über den Haufen schießen. Ob man Tarnklamotten an hat oder rote Mützen ist für die Jagd egal, denn das Wild ist farbenblind. Sie erreichen den Bereich des Feldes, in dem sie vermuten, dass die beiden Tiere ihnen entgegenkommen müssten. Das Marschieren durch das Gestrüpp bei permanenter Beachtung, dabei leise zu sein ist anstrengend. Nach einiger Zeit beschleicht Todd das Gefühl, dass sie zu weit gelaufen sind und die Tiere vielleicht irgendwie an ihnen vorbeigekommen sind. Er stapft eine

Anhöhe hinauf, um sich einen Überblick zu verschaffen. Oben angekommen erschrickt er fast und lässt sich sofort zu Boden fallen, denn unmittelbar auf der anderen Seite des Abhangs stehen die beiden Tiere ganz nah und waren tatsächlich gerade dabei sich an ihnen vorbeizuschleichen.

Er ist sich sicher, dass sie ihn nicht gesehen haben, nimmt sein Gewehr von der Schulter und rutscht bauchlinks auf die Kante des Hügels zu. Ja, da stehen sie in einer Senke, äsen, ein Muttertier mit einem Einjährigen. Er rutscht wieder zurück, dreht sich auf den Rücken und blinzelt in die Sonne. Zweifel kommen auf. Soll er wirklich dem Einjährigen die Mutter wegschießen? Scheiße. Er sieht Ben zwanzig Meter weiter unten herumpirschen und macht ihm Zeichen hochzukommen, als dieser kurz in seine Richtung schaut. Ben als durchtrainierter Naturbursche ist in Windeseile oben bei Todd, denn er ahnt, dass dieser die Tiere entdeckt hat.

Sie flüstern kurz miteinander, dann krabbeln sie beide vorsichtig an die Kante, damit Ben sich ein Bild machen kann. Wieder zurückgerutscht flüstert Ben ihm zu, dass er die dole schießen könne, das Jungtier ist alt genug, das kommt allein zurecht.

Todd macht sein Gewehr schießbereit und legt es am Boden auf der Kante des Hügels an. Sehr leise beobachten sie die Szenerie der beiden Tiere, die keinen Verdacht schöpfen. Todds Herz schlägt bis zum Anschlag. Der Jagdinstinkt stellt sich massiv ein und schaltet alle Gedanken zuvor aus: Das Töten der Mutter eines Jungtieres in dessen Beisein, die

Anspannung gegenüber den beiden anderen Männern, insbesondere Andy, nicht versagen zu wollen und auch der in seinem Verstand wabernde Gedanke des europäischen modernen Großstädters, der ihn permanent fragt: Was mach ich hier eigentlich für einen Schwachsinn?

Der Jagdinstinkt, vererbt aus hunderttausend Jahren menschlicher Entwicklung übernimmt all sein Denken und Handeln. Er drückt die Stiefelspitzen in den Boden, zieht die rechte Schulter so weit es geht zurück, drückt das linke Auge zu, sodass das rechte im Zielfernrohr die dole anpeilt und das Fadenkreuz auf dessen Brust ausrichtet. Er atmet tief durch, um seinen Kreislauf zu beruhigen und das überschießende Adrenalin zu steuern.

Der Schuss war für beide Männer wegen der dichten Ohrstopfen kaum zu hören, eher wie ein Plop-Geräusch. Beide Tiere machen in dem Moment einen Sprung in die Höhe, das Jungtier nach Wiederaufsetzen auf dem Boden einen weiteren in die nächstgelegenen Büsche, die dole, macht einen zweiten und sogar einen dritten in die Höhe, ohne sich dabei großartig fortzubewegen, dann bricht sie zusammen und liegt auf dem Boden.

Totale Euphorie weicht bei Todd der Anspannung Sekunden zuvor. Beide Männer greifen ihre Klamotten und rennen den Abhang hinunter zu dem im hohen Präriegras liegenden Tier. Ben tritt ihm mit seinem Fuß gegen den Lauf. Das ist wichtig, um festzustellen, dass das Tier tatsächlich tot ist und auch die Reflexe, die post mortem noch einen Tritt, sprich

Sprunginstinkt des Tieres auslösen, den Männern aber gefährlich werden können, außer Funktion sind.

Sie klatschen sich ab. Ben gratuliert Todd zu dem sauberen Schuss, der unmittelbar für das Tier tödlich gewesen war. Bei Todd stellt sich langsam der Normalzustand wieder ein: Das hohe Gras um das Tier herum ist voller Blutspritzer und trotz seiner Jagderfahrung aus Deutschland stellt sich bei ihm doch ein Gefühl ein, gerade einem Wesen das Leben genommen zu haben, was sich aber nicht durch die Schutzbehauptung, damit das eigene Leben gesichert zu haben begründen lässt, sondern einzig durch das Wiederauffüllen der beiden riesigen Gefriertruhen in Bens Garage.

Ben schreibt Andy einen Text und geht ein Stück auf die Anhöhe hinauf, um ihm in Richtung der Straße entgegen zu gehen. Nach nur wenigen Minuten kommen beide mit dem Truck durch das Gestrüpp angefahren.

„Ey, did you drink the blood of the beast? " fragt Andy, als er aussteigt und Todd mit einem Handschlag zu dem Jagderfolg gratuliert. Todd versucht zu lächeln, um Andys gute Laune nicht zu beeinträchtigen, denn offenbar ist Todds Ansehen in Andys Meinung tatsächlich von einem Moment zum nächsten massiv gesteigert worden, Todd steht aber im Moment eher mit *mixed emotions* in der Landschaft herum.

Andy lässt die tailgate herunter und beginnt auf der Ladefläche etwas aufzuräumen und Platz zu schaffen, während Ben aus seinem Rucksack das ‚OP-Besteck' herausholt..

Todds Verstand befindet sich wieder im Normalmodus, der ihm signalisiert, dass jetzt der wirklich unangenehme, aber notwendige, Teil der Jagd kommt: Das ausnehmen[2] des Tieres, was er anstrebt möglichst anderen zu überlassen. Er versucht durch witzeln die aufkommende eigene Anspannung etwas zu lockern und hält sich mit den Fingern die Nase zu:

„Dr. Ben, Dr. Ben bitte; Dr. Ben, bitte kommen Sie ins OP"

Alle müssen lachen, aber Andy hat ein Gespür für die Unsicherheit von Todd und wirft ihm den Pappkarton mit den Gummihandschuhen zu, der auf der Ladefläche unter einer Plane herumlag.

„Dr. Ben and his nurse", sagt er bestimmt.

Damit war klar, dass Todd sich hier jetzt nicht drücken kann und er Ben assistieren muss. Beide nehmen sich schwarze OP-Handschuhe aus der Packung und ziehen sie sich an.

Sie drehen das Tier auf den Rücken, damit Todd ihm die Hinterläufe auseinanderziehen kann. Ben nimmt den *butt out* einen etwas überdimensionierten Korkenzieher aus Plastik und dreht ihn dem Tier in den After. Dann reißt er so lange an dem Ding, bis der Darm des Tieres heraustritt. Todd nimmt einen Kabelbinder, um den Enddarm abzubinden und

---

[2] Richtige Deutsche Jäger mögen mir verzeihen, dass ich zwecks einer Allgemeinverständlichkeit hier nicht vom ‚aufbrechen' oder vom ‚Stück' spreche

schneidet den Darm dahinter ab. Es sollte möglichst kein Kot aus dem Körper austreten und das Fleisch kontaminieren.

Todd nimmt jetzt den Vorder- und Hinterlauf des Tieres und zieht den Körper damit seitlich etwas in die Höhe, während Ben mit seinem Messer den After etwas aufschlitzt und dann ein großes Rundmesser an der Stelle ansetzt, mit dem er den Körper vom After bis zum Hals aufschlitzt, fast so leicht als sei es ein Reißverschluss.

Aus dem Körper fließt nahezu kein Blut, die Innereien liegen komplett in einer großen Blase und Ben greift mit den Händen hinein und zieht die Innereien fast komplett mit einem Schwung aus dem Körper heraus. Todd hält mittlerweile den Körper mit den Händen an der Schnittkante offen. Der typische Wildgeruch strömt ihnen entgegen aber auch eine wunderbare Wärme des Körpers, der ihnen bei der Arbeit die kalten Hände wieder aufwärmt.

„Wenn es richtig kalt ist, freust Du dich, in den Gedärmen herumwühlen zu können, glaub mir das", meint Ben.

Er muss den Rest der Innereien im Halsbereich mit seinem großen Messer abtrennen, dann ist der Bauchraum komplett entleert. Andy kippt auf der Ladeklappe stehend aus einem Kanister etwas Wasser in den Bauchraum des Tieres und die beiden anderen waschen mit den Händen Blut- und Organreste ab, heben danach den Körper etwas an, um das Waschwasser auszukippen.

Ben greift zu einem großen Messer mit einem

Sägeblatt, schneidet das Fleisch im Bereich der Halswirbelsäule frei und sägt dem Tier den Kopf ab. Die Köpfe ihrer geschossenen Rehe müssen sie später auf dem Nachhauseweg in Consort hinter der Tankstelle in einer Kühlbox der Jagdbehörde ablegen. Diese lässt die Köpfe angeblich hinsichtlich einer möglichen Tierseuche untersuchen, tatsächlich will sie vermutlich damit eher die Einhaltung der Gesetzte und der *tag*-Bestimmungen überwachen. Andy reicht Ben eine Plastiktüte, auf die er mit einem Filzstift die Nummer des tags schreibt, dann legt er den Kopf in die Tüte und knotet sie zu. Todd hat mit seinem Messer ein Loch in einen Lauf des Tieres geschnitten, durch den er einen Draht sticht, an dem sie zusammen nun den *tag* befestigen.

Andy hat zwischenzeitig für Ordnung auf dem *bed* gesorgt und ein großes Laken ausgebreitet. Gemeinsam heben die Männer das ausgenommene Tier, das ohne Kopf und Organe erheblich leichter geworden ist, auf die Ladefläche und Andy wickelt den Körper etwas in das Laken ein, springt von der Ladefläche und schmeißt die Klappe zu.

Während sich Todd die Gummihandschuhe von den Händen zieht, wird ihm bewusst, was für ein Gemetzel sie hier in der Landschaft hinterlassen. Ben, der gerade dabei ist, das Herz aus dem Haufen Gedärme herauszuschneiden und dabei Todds Gesicht sieht, meint: „das brauch ich für unseren Hund, der liebt das abgöttisch" und weiter, „morgen früh ist von dem Schlachtfeld hier nichts mehr zu sehen. Die Coyoten und alle möglichen Vögel werden von all dem nichts übriglassen".

Er legt das Herz in eine Ecke auf der Ladefläche, zieht die Handschuhe aus und Todd gießt ihm mit dem Wasserkanister etwas Wasser über Hände und Arme, damit er sich Blut und Fleischfetzen abwaschen kann.

Dann steigen sie in den Wagen und Andy wühlt sich mit Allrad aus dem buschigen Gelände heraus.

Auf der Schotterstraße fährt er ohne weiter darüber zu reden Richtung Charlys Farm. Er hat damit bestimmt, dass der heutige Jagdtag vor Einsetzen der Dunkelheit beendet ist. Todd und Ben scheint das auch recht zu sein, Andy dreht das Radio auf und Todd kann hören, wie Andy zu Ben anerkennend sagt: „he didn't puke". Zufrieden, das er bei Andy wohl nun als vollwertiges Mitglied der Jagdgruppe anerkannt ist, schlummert er leicht etwas ein.

Erstmalig erreichen sie die Farm bei Tageslicht und Todd kann jetzt etwas besser die Ausmaße des riesigen Wohn- und Lagerarreals erkennen, welches von einem angelegten Hecken- und Buschstreifen eingerahmt ist. Im offenen Eingangsbereich zur Ranch stehen links und rechts, quasi zur Begrüßung, jeweils fünf uralte, verrostete Pick-up Trucks aus den 30er oder 40er Jahren des letzten Jahrhunderts. Wie er später erfuhr hat Charly sämtliche Dodge-Trucks seit dem ersten Modell irgendwo auf seinem Grundstück stehen. Es werden wohl mindestens 50 Autos sein, die in Scheunen und auf dem Gelände herumstehen, davon 30 fahrbereite und sicher 15 zugelassene, die er und Anne alle irgendwann im Verlauf eines Jahres auch mal fahren.

Das Wohnhaus selbst wirkt vergleichsweise klein, dagegen prägen mehrere Scheunen und überdimensionierte Garagen das Bild. Auf der Zufahrt zum Wohnhaus fahren sie an mehreren Miniaturhäusern vorbei, Charlys Museum. Da gibt es ein Kolonialwarengeschäft, ein Autosalon, eine Blockhütte, eine Tankstelle und natürlich einen Saloon. Alles von Charly allein in Handarbeit gebaut, wie Ben Todd erklärt.

„Und wieviele Besucher kommen in sein Museum?" fragt Todd.

„Er sagte mal, es sei mal eine Schulklasse hier gewesen, aber ich glaube eigentlich besucht sein Museum nur er selbst", sagt Ben.

Sie halten rückwärts vor einer riesigen Garage., dessen Rolltor Andy öffnet. Die Garage ist gestopft voll mit Oldtimern, alten Trucks und Schlitten aus den 50gern und 60gern. In der Mitte der Garage ist etwas Platz und dort versucht Andy ein Seil über einen zwei Meter über ihren Köpfen durch das Gebäude verlaufenden Stahlträger zu werfen, womit er als Freizeit-Cowboy auf Anhieb Erfolg hat. Sie heben das Reh aus dem Wagen, binden das Seil um die Hinterläufe und ziehen es hoch, sodass es vor Mäusen und Katzen geschützt abhängen kann. Unter den offenen Hals des Tieres stellen Sie einen Eimer auf den Boden, damit es ausbluten kann.

„Einen Vorteil hat die Jagd im November zumindest", meint Ben, „das Fleisch kann nicht verderben und ist in wenigen Stunden tiefgefroren, besser geht's nicht"

Sie nehmen ihre Waffen und ihre restlichen Klamotten aus dem Truck und gehen müde von dem langen Tag rüber zum Wohnhaus*, schlagen den Dreck von den Schuhen ab, öffnen die Tür, treten ein, stellen ihre Waffen alle neben der Eingangstür ab und quälen sich aus ihren dicken Stiefeln.

Er spürte wie die Person direkt neben ihm steht. Durch seinen leicht offenstehenden Mund versuchte er möglichst unmerklich zu atmen, vor seinen spaltoffenen Augen zeichnete sich ein deutlicher Schatten ab. Der Mann nahm sein Gewehr von der Schulter, hielt es am Griffstück mit einer Hand, den Finger am Abzug und ließ es nach unten abfallen, bis es mit der Spitze des Laufes seine Wange berührte. Dann drückte er damit sein Gesicht zur Seite. Er ließ seinen Kopf in die Druckrichtung abfallen.

6

Anfrieren

„Blizzard's comin' up", ruft Charly den eintretenden Männern zu. Er hat den Fernseher extra laut gestellt und noch in vollen Klamotten stehen sie im Wohnzimmer und sehen auf den Bildschirm.

„Pfff, scheiße Mann", sagt Ben, wie er sieht, dass, verursacht durch einen starken Ostwind, in den nächsten Stunden wohl ein Schneesturm von Saskatchewan zu ihnen nach Alberta rüberziehen wird.

„Tja, da kannst Du dann mal erleben, was ein

richtiger Jagdausflug in Kanada ist", meint Ben an die
Adresse von Todd, „bisher war das alles nur für
Warmduscher, jetzt geht's richtig ans Eingemachte;
Stell dich schon mal auf Bedingungen ein, wie beim
Goldrausch am Klondike".

„Na, solange es nicht wie in Stalingrad wird",
meint Todd witzelnd aber irgendwie doch zynisch.

Alle müssen lachen, glauben sie doch nicht im
Entferntesten, dass ihnen dabei Erlebnisse um Leben
und Tod begegnen könnten. Von den Rehen mal
abgesehen.

——

Irgendwie hat Todd das Gefühl, dass Andy am
nächsten Morgen noch früher als bisher am
Herumrödeln ist und genervt davon, bereits vor dem
Wecken wach zu sein, dreht er sich im Bett herum,
allerdings ohne wirkliche Chance wieder einschlafen
zu können, denn kurze Zeit später ertönt schon die
bekannte Weckmelodie aus Bens Smartphone. Beim
Blick aus der Küche sehen sie, dass über Nacht der
Schneesturm ganze Arbeit geleistet hat. Auf der
Terrasse liegt bestimmt ein Meter Schnee und Andy
versucht mit einer großen Schneeschaufel den
Eingangsbereich zum Haus etwas freizuschaufeln.
Dabei leuchtet er mit dem Abblendlicht seines
Trucks, den er bereits halbwegs vom Schnee befreit
und mit laufenden Motor vor das Haus gestellt hat

den Bereich vor dem Haus aus.

Ben und Todd treten vor die Tür. Es ist nicht ganz so kalt, wie an den Morgen zuvor, dafür pfeift ihnen der eisige Wind ins Gesicht. Andy schmeißt noch irgendetwas auf den Wagen, dann fahren sie los.

Andy fährt so, als läge kein Schnee, also mit Volldampf. Als Todd erzählt, dass die Menschen in Hamburg bei 1cm Schneehöhe nicht mehr Autofahren können und die komplette Stadt statt im Schnee, im Dauerstau versinkt, muss er lachen. Er merkt zu spät, dass er dies Andy gegenüber besser nicht erwähnt hätte, denn seine negative Einstellung zu den Städtern hat sich dadurch nur mal wieder bestätigt und Todd ist schließlich auch einer von diesen Weicheiern.

Durch den Sturm liegt teilweise auf der Straße kaum Schnee, teilweise aber große meterhohe Schneeverwehungen. Da diese aber aus lockerem Pulverschnee bestehen, fährt Andy einfach durch sie hindurch und lässt sie damit regelrecht vor ihren Augen explodieren, dass sie über dem Wagen zerstäuben, aber macht nichts, Andy schaltet einfach die Scheibenwischer auf höchster Stufe ein.

Er ist heute Morgen besonders missmutig, vielleicht nervt ihn der Schnee oder doch die frühe Uhrzeit und so scheint es, dass er mal wieder seinen Frust anderweitig ablassen muss; an seinem Truck oder, so empfinden es Ben und Todd, auch an ihnen, denn noch bevor zumindest schemenhaft die Landschaft zu erkennen ist, schmeißt er die beiden an einer Feldzufahrt raus. Ben kennt zumindest die

Stelle. Sie haben sich noch nicht einmal richtig angezogen, die Kapuze ordentlich verzurrt, ihre Rucksäcke auf dem Rücken und Gewehre geschultert, da braust er schon mit Vollgas davon.

Der Wagen ist schon nach wenigen Metern nicht mehr zu hören und zu sehen und schon stellt sich diese unfassbare Stille ein, bei der Todd glaubt, das Fallen des Schnees auf seinem Kopf hören zu können.

„Ready, when you are, Sir?", meint Ben leise mit einem Filmspruch zu Todd.

„Ready, Sir", antwortet dieser ebenso flüsternd und sie stapfen los in Richtung Gatter. Von Minute zu Minute wird es heller und sie können den Metallbügel zum Öffnen des Gatters erkennen und es etwas öffnen, um hindurch zu gehen. Sie stapfen durch den Schnee, der manchmal nur wenige Zentimeter, manchmal aber so tief ist, das sie einsinken und mit Kraftanstrengung durch die Schneewehen stapfen müssen. Der Schnee hat zumindest den Riesenvorteil, dass man jetzt den Winnetou machen und dem Wild auf dessen Spuren folgen kann. Nach einigen hundert Metern Marsch entdecken sie Spuren, die Ben als Rehspuren identifiziert und in verschiedene Richtungen weisen. Sie teilen sich auf, um um eine kleine Baum- und Buschgruppe herum, sich von zwei Seiten anzuschleichen. Todd checkt die Windrichtung und merkt, dass er den Wind im Rücken hat, daher macht er einen größeren Bogen, um sich bei Wind von vorne dem Gestrüpp zu nähern. Es ist mittlerweile hell, so dass auch er die Spuren wieder entdeckt und glaubt, mindestens einer Gruppe von Tieren zu folgen. Die Spuren verlaufen unter dem Gestrüpp hindurch, er hingegen muss die Büsche stets zur Seite drücken, um hindurchzukommen. Das verursacht Geräusche, die zwar wegen des auf den Zweigen hängenden Schnees geringer sind als wenn keiner liegen würde, aber zum anpirschen an Wild immer noch zu laut sind. Er nimmt sein Gewehr von der Schulter und verwendet den Lauf dazu, Äste zur Seite zu drücken und sich ganz langsam in das Buschwerk hineinzubewegen. Kleine Schneebretter fallen ihm durch seine Bewegungen von den Ästen zu Boden und manchmal ihm auf die Schultern oder ins Gesicht. Schon die ganze Zeit bläst er sich selbst warme Luft beim Ausatmen in den bis unter der Nasenspitze hochstehenden Kragen des Jagdanzugs ins Gesicht und taut damit Schneeflocken, die dann zu Wassertropfen schmelzen und ihm am Kinn herunterlaufen. Er kann regelrecht riechen, dass er in unmittelbarer Nähe von Rehen stehen muss und merkt wieder den Jagdinstinkt in sich aufsteigen. Der Puls wird niedriger, der Rhythmus der Atmung geht zurück und unter einer gewaltigen Anspannung schiebt er sein Gewehr etwas vor, um mit ihm einen dichten Busch zur Seite zu drücken. Direkt hinter dem Busch sieht er eine Freifläche, voller halbrunder Mulden im Schnee und dann sieht er Ben, wie dieser fast gleichzeitig von der anderen Seite auf die Freifläche tritt. Sie gehen aufeinander zu.

„Scheiße, schau mal wie viele Tiere hier gelegen

haben, Mann, die ha'm hier richtig Siesta gemacht", sagt er enttäuscht und auch überrascht.

Todd kann nicht antworten. Seine Zunge ist an dem Zipper des Reißverschlusses seiner Jacke, der nach innen hing, festgefroren. Er zieht die Zunge mit dem Zipper in seinen Mundraum, um sie wieder abzutauen.

Ben, der das sieht muss lachen:

„Das hier ist ein richtiger Winter, nicht wie in Hamburg", und klopft ihm auf die Schulter. Dann machen sie sich auf den Weg zurück zum Feldzugang. Da Ben Andy bereits einen Text geschickt hatte, wartet dieser bereits mit laufendem Motor hinter dem Gatter. Sie öffnen die Wagentüren und fallen in die warmen Lederpolster. Andy fährt kommentarlos los, irgendwelche Erklärungen sind überflüssig.

Andy ist es wirklich vollkommen egal, ob nun Schnee liegt oder nicht. Sie spulen das übliche Programm ab: Gatter auf, Wagen durch, Gatter wieder zu, über die Felder, von Anhöhe zu Anhöhe, wachsame Blicke Aller in die Landschaft. Wenn Rehe zu sehen sind, aussteigen und mit den Ferngläsern verfolgen, gegebenenfalls wieder einsteigen und Tiere verfolgen.

Mehrfach fährt Andy sich im Schnee fest. Er schiebt dann den Hebel der Lenkradautomatik hin und her zwischen D und R, vorwärts und rückwärts, dann hat der bullige Motor die Karre wieder freibekommen und es geht weiter.

Um die Mittagszeit lässt der Schneefall nach und die Sonne kommt raus. Andy choppert eine Anhöhe hinauf und fährt sich mal wieder fest. Ben und Todd warten geduldig Andys hin- und hergejuckel ab, indem sie sich an den Haltegriffen festhalten und schweigsam dem wegen der durchdrehenden Reifen umherfliegenden Schnee zuschauen. Aber diesmal sinkt der Wagen immer tiefer ein und irgendwann muss auch ein Andy mal aufgeben und seine Kumpels um Hilfe bitten. Die beiden öffnen ihre Türen, die sich aber wegen der Schneemassen nicht mehr weit genug öffnen lassen um auszusteigen. Ben fährt daraufhin sein Seitenfenster runter und hangelt sich aus dem Fenster, was Todd ihm dann nachmacht. Der Wagen steckt metertief im Schnee. Sie steigen auf die hintere Stoßstange, die gleichzeitig ein Trittbrett ist, halten sich an der Ladeklappe fest und wippen im Takt mit Andys Freifahrversuchen, aber nichts bewegt sich. Die beiden steigen auf die Ladefläche und versuchen in dem ganzen Gerümpel dort irgendetwas zu finden, mit dem man Schnee schaufeln könnte. Aber nichts Brauchbares befindet sich dort: Keine Schaufel, keine Schneeketten, kein Garnichts. Todd ist am Rande der Verzweiflung. Dann springen sie hinunter und beginnen mit bloßen Händen und Armen Schnee von den Reifen wegzugraben, während Andy weiter mit Vollgas hin und her wackelt. Manchmal macht die Karre regelrecht einen Hopser zur Seite und die beiden müssen sich durch einen Sprung in den Schnee retten, damit sie nicht unter die Reifen geraten.

„Spinnt der ! ?", brüllt Todd auf Deutsch, damit Andy, der sein Fenster runter hat, es nicht verstehen kann. Ben sagt nichts. Ihm geht Andys Verhalten auch auf die Nerven, aber er weiß, dass sie ohne ihn aufgeschmissen sind und daher will er unbedingt Stress mit ihm vermeiden.

Endlich hört Andy mit der Hin- und Herfahrerei auf.

„Scheiße Mann, ist der bescheuert, ohne jegliche Winterausrüstung in die Wildnis rauszufahren!", sagt Todd. Beide sind wieder auf die Ladefläche geklettert und schauen in die Ferne der Landschaft. Nichts, als endlose weiße Weite ist zu sehen und sie müssen wie die Indianer die Hand über die Augen legen, so sehr blendet der Schnee in der Sonne.

„Da hinten ist eine Pumpstation", meint Ben.

In Abständen stehen in der Landschaft Ölpumpen und manchmal an Straßen auch große Zwischenlager für Öl herum. Mehrere Kilometer entfernt sieht man das gleichmäßige Auf- und Ab einer Pumpe. Ben hat sein Fernglas vor den Augen.

„Neben der Pumpe steht ein kleines Gebäude, vielleicht steht irgendwas zum Schaufeln da rum".

Ohne Todds Antwort abzuwarten, greift er nach den Schneeschuhen, das einzig sinnvolle, das Andy heute Morgen mitgenommen hatte und drückt Todd davon ein Paar in die Hand. Sie springen in den Schnee und legen die Schneeschuhe, die wie die Schlagfläche überdimensionaler Tennisschläger aussehen, an und zurren die Befestigungen an ihren Stiefeln fest. Beide greifen nochmal durch die offenen Fenster, um ihre Waffen und Rucksäcke herauszuholen, dann sagt Ben Andy noch kurz, dass sie sich zur Pumpstation aufmachen, was dieser rauchend, kommentarlos hinnimmt.

Sie stapfen durch den Schnee und gewöhnen sich nach kurzer Zeit an die Gehtechnik mit den Schneeschuhen. Wortlos versuchen sie in Ideallinie auf die Pumpstation zuzumarschieren, müssen dabei immer wieder ihre Wegrichtung mit den Ferngläsern absichern. Die Sonne hat jetzt richtig Wärme und sie fangen an zu schwitzen, denn trotz der Schneeschuhe ist der Marsch durch den tiefen Schnee anstrengend.

Nach einiger Zeit hören Sie den Elektromotor der Pumpe und das gleichmäßige Quietschen des stählernen Ungetüms.

Das Areal ist eingezäunt, die Pforte aber nicht verschlossen. Ebenso die kleine Hütte, deren Tür sie erst mit den Händen etwas freischaufeln müssen, bevor sie sie unter mehrfachem Hin- und Herruckeln geöffnet kriegen.

Alles stinkt nach Öl, ein paar alte ölverschmierte Plastikeimer und -fässer stehen umher, aber nichts, wirklich garnichts, wäre zum Schaufeln geeignet.

Sie treten wieder raus aus der Hütte und blinzeln in die Sonne.

„Und nun?" fragt Todd.

„Ja, zurück und weiterversuchen, was denn sonst", antwortet Ben unwirsch und marschiert voran, zurück Richtung Truck. Todd stapft ihm hinterher.

Schon von Weitem sehen sie, wie Andy offenbar weiter, durch vor- und zurückschaukeln des Wagens, diesen zu befreien versucht. Und tatsächlich, er bewegt sich und dreht sich im Schnee etwas zur Seite.

Als sie noch wenige Meter entfernt sind, hören sie das mächtige aufbrüllen des Motors und dann hat Andy die Karre doch tatsächlich wieder befreit und rollt den leichten Abhang herunter ihnen entgegen.

„Wanna go for a ride?", fragt er, cool wie immer mit dem Arm aus dem offenen Seitenfenster und Lächeln eines Filmstars. Ben ringt sich ebenfalls ein Lächeln ab, Todd hat absolut kein Bock mehr. Sie schlüpfen aus den Schneeschuhen, werfen sie auf die Ladefläche und steigen ein. Andy braust wieder los, als sei nichts gewesen.

Eine gewisse Entspannung, jetzt endlich wieder im warmen Wagen sitzen zu können und die nächste feste Straße erreicht zu haben, will sich bei Todd nicht durchsetzen. Die Anstrengung der ganzen Auto-Befreiungsaktion war wohl etwas zuviel für ihn und eine Kopfschmerzattacke fängt an ihn zu quälen. Seltsamerweise fällt Andy, der häufig durch den Rückspiegel schaut, sofort auf, dass es Todd offenbar nicht gut geht und spricht ihn darauf an.

„I'm fine, thanks", antwortet Todd im üblichen nordamerikanischen Stil, bei dem immer alles „fine" oder sogar „great" ist. Aber Andy lässt nicht locker, wird regelrecht windelweich, fragt besorgt, wie er ihm helfen könne und in Consort eine Apotheke sei, da würde er jetzt hinfahren.

Todd versucht zu bestätigen, dass wirklich alles in Ordnung sei und sie weiter fahren können auf ihrer heutigen Jagdtour. Aber Andy besteht darauf, nach Consort zu fahren und fängt an von seinen ganzen gesundheitlichen Problemen zu reden: Der

Dauerkopfschmerz, der ihn permanent quält, dazu Rückenschmerzen, die ihn nicht schlafen lassen. Alles von dem besagten Unfall. Kein Arzt hätte ihm bisher helfen können. Vermutlich wird er aber auch nicht besonders viele Ärzte konsultiert haben, denn in Kanada muss man am Empfang der Arztpraxis nicht seine Versichertenkarte sondern stets seine Kreditkarte vorlegen.

Als Andy einen Moment nicht in den Rückspiegel schaut, steckt sich Todd eine 600er Ibu-Tablette in den Mund, die er stets in seiner Hosentasche parat hat, bildet ein wenig Speichel im Mund und schluckt sie hinunter.

In Consort fährt Andy zur Tankstelle, einmal natürlich zum Tanken, denn sie haben schon so einige Liter Sprit vergurkt. 1,10 $ sind 70 Eurocent pro Liter. Damit ist das tanken wegen des höheren Spritverbrauchs quasi genauso teuer wie in Deutschland. Andy nimmt Todd mit in den Verkaufsraum der Tankstelle, der Einkaufsladen und auch Apotheke zugleich ist, bei der es allerdings nur verschreibungsfreie Medikamente gibt. Um Andy nicht zu enttäuschen, kauft Todd sich eine Packung Schmerztabletten, obwohl er eigentlich genug davon mitgebracht hatte.

Ben fragt die Kassiererin nach dem Kühlcontainer der Jagdbehörde, da er diesen auf der Tankstelle nicht entdeckt hatte. Dieses Jahr steht er gegenüber auf dem Gelände einer Schreinerei. Sie fahren rüber auf die andere Straßenseite und finden ihn bei schon ziemlicher Dunkelheit, nachdem sie ein paarmal um das Gebäude gekurvt sind, in einer Ecke, die eher wie ein Müllhaufen von Metall und Holzresten aussieht. Ben steigt aus, greift die Tüte mit dem Rehkopf, öffnet die riesige Gefriertruhe und legt ihn hinein.

Natürlich war es unnötig, den Kopf jetzt schon in der Truhe abzulegen, das hätten sie auch Ende der Woche auf dem Nachhauseweg erledigen können. Es ging den beiden jedoch um etwas ganz anderes.

„Und ?", fragte Andy, als Ben wieder eingestiegen und die Tür geschlossen hatte.

„Keiner"

„That's good"

Sie versuchen anhand der Köpfe in der Truhe abzuschätzen, wieviele andere Jäger sich in der Gegend aufhalten, die ihnen eventuell Konkurrenz machen könnten. Nicht nur, dass ihnen bisher keine anderen Jäger begegnet waren, bestätigt die leere Truhe doch nun die Annahme, das Jagdgebiet ziemlich für sich allein zu haben.

Andy schickt Charly während er fährt einen Text, dass sie nach Hause kommen. Dies macht er natürlich nicht, weil er fürsorglich mit seinem Onkel ist, sondern um zu signalisieren, dass Anne mit dem Kochen anfangen kann.

Und natürlich hat sie die Männer an diesem Abend nicht enttäuscht.

Sicher, dass er tot sei, nahm der Mann sein Gewehr wieder über die Schulter und fing an mit den Händen Schnee auf sein Opfer zu schaufeln. Panik ergriff ihn, gleich unter einer Schneedecke ersticken zu müssen, bei gleichzeitiger völliger Unfähigkeit irgendetwas dagegen tun zu können. Sein Körper lag bereits unter einer Schneeschicht und der Mann setzte an, jetzt seinen bisher nur leicht mit Schnee bedeckten Kopf vollends mit einer dicken Schneelage zu bedecken, da nahm er wahr, dass da erneut ein Schuss zu hören ist.

7

Abtreten

Da über Nacht kein weiterer Schnee gefallen war und sich ein sonniger Tag ankündigte, setzte Andy die beiden anderen am nächsten Morgen kurz vor Sonnenaufgang wieder bei den hayball-fields ab, wo sie es vor zwei Tagen schon einmal versucht hatten.

Bei -22 Grad marschieren sie im knirschenden Schnee dem Sonnenaufgang entgegen und saugen dabei gefühlt jeden einzelnen Strahl, der über die Anhöhe blitzt in sich auf, in der Hoffnung, dass er sie wärmen möge. Und tatsächlich haben sie den Eindruck, es wird von Minute zu Minute wärmer. Als sie sich dem Zielgebiet nähern, fangen sie an, ihre Schritte langsamer und vorsichtiger zu setzen, sich hinter den Ballen zu verschanzen und nun bei besser werdenden Lichtverhältnissen mit ihren Ferngläsern die Landschaft abzusuchen.

Ben entdeckt drei grasende Rehe, ungefähr an der Stelle, an der er vor zwei Tagen auf einen Schuss verzichtet hatte. Todd beobachtet sie jetzt auch. Sie hegen keinerlei Verdacht, der Wind kommt von der Seite, die Sicht wird immer besser, aber noch sind sie 500 Meter entfernt, zu weit, um einen sicheren Schuss abzugeben.

Sie marschieren weiter im Entenmarsch von Ballen zu Ballen. Diesmal ist es noch schwerer leiser zu sein, wegen der knirschenden Geräusche, die ihre Schritte verursachen.

Die Tiere verschwinden wieder aus dem Sichtfeld der Männer, weil sie sich in einer leichten Senke befinden. Ben glaubt, dass es besser ist, wieder zurück zu gehen, als sich den Tieren weiter zu nähern. Als sie sie 50 Meter rückwärtig wieder mit den Ferngläsern im Visier haben, pufft Ben Todd an den Arm und rutscht mit dem Rücken den Heuballen hinunter und nun sitzen beide nebeneinander, um sich zu beratschlagen.

„Was meinst Du, die Entfernung ist heftig, die linke ist eine dole, die beiden anderen bucks", flüstert Ben.

„Meinst Du, dass Du sie sicher treffen kannst?"

„Echt schwierig, muss schauen, ob ich mit aufgelegter Waffe sie sicher anvisieren kann".

„Also los, versuch's"

Sie stehen vorsichtig wieder auf. Todd beobachtet mit dem Fernglas, während Ben sein Gewehr ausrichtet. Er lässt sich dabei viel Zeit, muss mit seinem Zielfernrohr das Fadenkreuz höher als normal positionieren, weil die Kugel wegen der größeren Entfernung tiefer einschlagen wird.

Dann kracht der Schuss. Und plötzlich springen nicht drei, sondern acht bis 10 Rehe auf. Die hatten sie vorher garnicht gesehen!

Dann rennen alle nach links in Richtung des Zaunes, überspringen ihn und verschwinden im Dickicht.

Alle, bis auf Eines. Das Tier, das Ben offenbar getroffen hat, bewegt sich nur lethargisch in die Richtung der anderen. Dann knicken ihm die Vorderläufe ein und es hockt sich nieder.

Unter den flüchtenden Tieren war auch ein großer Hirsch mit einem mächtigen Geweih, ganz offenbar der Leithirsch., der abwartend vor dem Zaun stand und jetzt bemerkt, dass ein Tier aus seiner Gruppe nicht mitgelaufen ist. Er geht zurück zu dem hockenden Reh, legt seinen Kopf an den des sterbenden Tieres und scheint sich über bestimmt fünf Minuten, auf diese Weise von ihm zu verabschieden.

Die Männer beobachten die Szene schweigend mit ihren Ferngläsern. Es ist ein unfassbares Drama, was sich vor ihren Augen abspielt und Todd bemerkt, wie

ihm Tränen über die Wangen rinnen. Ben hat wohl
ein wichtiges weibliches Tier aus der Herde getroffen.

Dann bewegt sich der Hirsch wieder in Richtung
Zaun, während Rehe von der anderen Zaunseite
ebenfalls die Szenerie beobachten. Am Zaun bleibt
der Hirsch stehen und blickt in Richtung der sich
versteckenden Männer. Er scheint mit einem
unsagbaren Hass minutenlang in ihre Richtung zu
starren und zu wittern, als wenn er sagte: ‚ihr
verdammten Schweine, wenn ich euch zu fassen
kriege…es ist mir grad egal, ob ihr mich auch
abknallt‘.

Dann dreht er den Kopf zur Seite und mit einem
Sprung aus dem Stand springt er über den Zaun und
verschwindet mit seiner Herde im Dickicht.

Die beiden Männer haben bei der Beobachtung
des Hirsches das geschossene Reh völlig aus den
Augen verloren und richten jetzt erst wieder die
Ferngläser in dessen Richtung.

„Scheiße, wo ist die dole?“, ruft Ben erschrocken
aus. Das Reh war nicht mehr da !

Es muss sich zwischenzeitig aufgerichtet haben
und hat sich irgendwie entfernt. Sie greifen ihre
Gewehre und Klamotten und laufen in Richtung der
Abschussstelle, dabei müssen sie immer mal wieder
auch Schneewehen durchstapfen und brauchen einige
Zeit, bis sie endlich dort sind.

Die Sonne ist vollends aufgegangen und die Sicht
daher jetzt bestens. Die weiße Schneelandschaft hat
den Riesenvorteil, dass man Blutspritzer auch ohne
Trapper-Erfahrung bestens sehen und verfolgen

kann.

Und diese gibt es hier reichhaltig!

„Oh Mann, scheiße, ich hab sie vermutlich viel zu tief getroffen. Bei dem ganzen Blut hier muss ich ihr den Brustkorb zerfetzt haben".

Beide Männer stehen fassungslos vor dem Blutbad, dass sie hier angerichtet haben.

Rot, wohin man schaut.

Aber ihre Blicke richten sich auch schnell auf die Blutspur, die deutlich durch den Schnee zu erkennen ist. Sie eilen der Spur hinterher, denn jetzt gilt es, das Tier schnellstmöglich zu finden und durch einen sicheren Schuss von seinen Qualen zu erlösen.

Die Spur verläuft weiter oberhalb der Stelle, wo die anderen Tiere das Feld gewechselt haben am Zaun und fassungslos stehen sie nun dort und sehen, dass das Reh den Zaun tatsächlich noch übersprungen hat!

Hinter dem Zaun ist der Schnee tiefer und das Gestrüpp dichter. Sie folgen der Spur unmittelbar in den tiefen Eintritten des Tieres und dann entdecken sie es plötzlich hinter einem Busch verborgen im Dickicht und es starrt sie an. Das Reh und die Männer sehen sich gegenseitig in die Augen. Die des Rehes sind nicht ängstlich, sondern gefasst, so als sage es, ‚was wollt ihr hier, lasst mich in Ruhe!‘.

Wie in Zeitlupe nimmt Ben vorsichtig sein Gewehr von der Schulter, zieht es in den Arm und hebt es an, bis er mit seinem rechten Auge durch das Zielfernrohr blicken kann.

Todd merkt, wie seine ohnehin müden Beine nicht nur aus Gründen der Erschöpfung, sondern auch deswegen zusammensacken, weil er das alles nicht mehr ertragen kann. Er dreht sich um und läuft die Strecke zum Zaun zurück. Während er der Blutspur und ihren tiefen Schritten des Hinwegs folgt, erfasst ihn ein Gefühl der Wut über sich selbst: 'Mann, was machst Du hier eigentlich, was soll die ganze Scheiße hier'. Er hört das Durchladen von Bens Gewehr und der sofortige Schuss danach. Zum ersten Mal weicht das Gefühl der herausgestellten Männlichkeit dem Gefühl, dass die Euphorie und das große Halali, mit der in Deutschland gejagt wird, verdeckt unter allerlei Fachjargon und Traditionsgedöns, unter dem Mantel des Abschusses aus notwendiger Bestandsbereinigung, für ihn alles nur eine einzige gequirlte Scheiße ist, die darüber hinwegtäuscht, das hier unschuldigen Kreaturen auf brutale Art und Weise das Leben genommen wird. Der Steinzeitinstinkt, wonach das Töten einer anderen Kreatur zum Zwecke des eigenen Überlebens essentiell war, ist Vergangenheit, abgeschlossen, weit weg von der heutigen Realität und aus Sicht eines heute lebenden modernen Menschen einfach alles nur Historie, grausame Historie.

Er steht jetzt wieder am Zaun und hält sich am Pfosten fest, atmet durch und kommt wieder zur Ruhe. Er sieht Andy mit dem Truck auf sich zukommen und winkt ihm zu.

„You got one?" fragt er mit sichtlicher Euphorie aus dem offenen Seitenfenster heraus, denn die Schüsse hat er natürlich gehört. Aber Todd antwortet ihm nicht, statt dessen sagt er:

„We need that chain one thing".

"Yeah", sagt Andy, der das als positive Antwort auf seine Frage interpretiert, aus dem Wagen springt und Todd eine lange Eisenkette mit einem Haltegriff an einem Ende über den Zaun reicht. Dieser dreht sich damit um und stapft wieder zurück seiner eigenen Spur folgend.

An der Stelle, an der er Ben zuletzt sah, befindet er sich nicht, auch das Reh ist nicht mehr an der gleichen Stelle.

Mühselig drückt er dichtes Gestrüpp zur Seite um tiefer in das Dickicht hineinzugelangen.

Und dann sieht er das Tier weitere zwanzig Meter von der Abschlussstelle entfernt im Schnee liegen, es muss also nochmal nach dem Fangschuss einen ordentlichen Satz gemacht haben, und er sieht Ben, der sich über sie beugt. Auch ihn scheint die Sache mitgenommen zu haben, denn Todd hat das Gefühl, dass Ben dem Reh fast liebevoll über den Hals streicht.

Ohne ein Wort zu wechseln wickeln sie das Ende der Kette um die Hinterläufe, und machen sich daran, den Tierkörper aus dem Dickicht heraus, dem Fußstapf-Pfad folgend in Richtung Zaun zu schleifen. Ungefähr auf halber Strecke kommt ihnen Andy entgegen, gerade rechtzeitig, denn Todd ist mit seinen Kräften vollkommen am Ende. Dann zerren sie den Körper noch unter dem Stacheldraht hindurch und Andy lässt die Klappe des Trucks herunter, auf die sie sich setzen um sich auszuruhen und aus ihren Wasserflaschen trinken.

Nur widerwillig berichtet Ben dem immer noch euphorisierten Andy vom Ablauf der Jagd, als sähe er garnicht, das der Schuss aus waidmännischer Sicht völlig unprofessionell und jenseits dessen ist, was man während des Kurses zur Erlangung des Jagdscheines gelernt haben und Andy als professioneller Jäger eigentlich wissen sollte. Ganz nebenbei ist das Fleisch des Tieres regelrecht verdorben, weil sein Körper voller Stresshormone war, während es starb. Auch Ben wird große Teile des Fleisches wohl nur als Hundefutter verwenden können.

Nach ausnehmen und aufladen des Tieres fahren sie weiter durch die sonnige verschneite Landschaft, auf der Suche nach weiteren ‚Opfern'.

———

Um die Mittagszeit entdecken sie tatsächlich mal wieder zwei Rehe aus dem fahrenden Truck heraus. Ben steigt aus, um vorschriftsmäßig sich zu Fuß anzupirschen. Die beiden anderen bleiben im Wagen und beobachten ihn und die Tiere mit den Ferngläsern. Andy gibt Ben dabei die ganze Zeit Kommandos, als seien sie per Funk miteinander verbunden.

„The left one is buck, 200 yards, go on further".

Und er scheint seinen Worten Folge zu leisten, pirscht sich weiter an und richtet sein Gewehr aus.

Dann fällt der Schuss und eines der Tiere bricht

zusammen.

„Fuck, he shot buck!", brüllt Andy.

Ben hat statt des weiblichen, das männliche Tier geschossen. Todd legt das Fernglas zur Seite, steigt aus, greift die stählerne Kette von der Ladefläche und macht sich zu Fuß auf in Richtung Ben.

„Du hast den Bock geschossen", sagt Todd emotionslos als er ihn erreicht, und geht ohne auf ihn zu warten an ihm vorbei in Richtung des geschossenen Tieres.

„Was ? Nein !".

Ben ist geschockt und eilt ihm hinterher.

„Na sicher, Andy und ich haben's klar gesehen"

„Scheiße", sagt Ben fast tonlos,

Sie stapfen durch tiefen Schnee und Gestrüpp und finden ihn: Einen 3-jährigen Bock mit kurzen, aber deutlichen Hörnern. Mit der Kette ziehen sie das Tier dreißig Meter aus dem Dickicht heraus, bis zu der Stelle, zu der Andy ihnen mit dem Truck entgegen fahren konnte.

Die Männer, insbesondere Ben und Andy, beratschlagen, was sie machen sollen. Andy schaut sich die Hörner an und zieht dem Tier an den Ohren.

Es gibt eine Ausnahmeregelung, wonach der Abschuss ohne Folgen bleibt, wenn das Geweih kürzer ist als die Ohren, aber so sehr Andy an den Ohren zieht, das Geweih bleibt stets länger. Sie erwägen, den Tierkörper in das Gestrüpp zurückzuziehen und es den aasfressenden Tieren zu überlassen, aber Greifvögel und Krähen wären kilometerweit erkennbar, auch für Ranger.

Sie entscheiden sich, das Tier auszunehmen, den Kopf abzuschneiden und den Körper auf den Truck zu laden. Andy schmeißt die Klappe zu, greift den Schädel und steckt eines der Hörner in die quadratische Öffnung der abnehmbaren Anhängerkupplung. Dann hält er den Schädel mit den Händen und weist Todd an, von der Stoßstange stehend auf den Schädel zu springen, um das Geweih abzutreten.

Nach dem zweiten Versuch bricht das Geweih mit einem deutlichen Krax-Geräusch ab. Danach wiederholen sie den Vorgang mit dem anderen Horn.

Andy ist zufrieden. Jetzt sind die Hörner kürzer als die Ohren und packt den Schädel in die Plastiktüte.

Andy steuert den Truck weiter mehr oder minder ziellos, wie es Todd erscheint, durch die Landschaft.

Plötzlich taucht eine ganze Gruppe von Rehen auf, die aber den Truck bereits bemerkt haben. Ben fährt das Fenster runter und zielt auf eines der Tiere, da sie schneller verschwunden wären, als er aussteigen könnte. Er wartet diesmal ab, dass Andy mit dem Truck vollends zum Stehen kommt, dann zielt er und drückt ab.

Andy kann mit dem Truck direkt an das geschossene Tier heranfahren. Als er sieht, dass es den Kopf versucht zu heben, springt er mit seinem Gewehr aus dem Wagen und gibt ihm einen Gnadenschuss in den Kopf. Sie schauen sich das Tier an. Es ist eine einjährige dole. Andy braucht nicht viel zu sprechen, seine Blicke sagen Ben, dass dieser Abschuss Scheiße war: Das Tier zu jung und zu klein und vor allem hat er die Wirbelsäule getroffen, damit ist ein großer Teil des Fleisches quasi unbrauchbar. Beide Männer schauen sich erneut an, dann vereinbaren sie stillschweigend, das Ben trotz strengstem Verbot das Tier bei den Hinterläufen packt und es in das angrenzende Dickicht schleift.

Als Ben und Todd später am Abend auf der Ranch allein sind, sagt er ihm, dass es ihm in der Seele wehtäte, was er mit dem Kleinen gemacht hätte, aber so sei eben *hunting*. Letztes Jahr seien in der Gegend 400 Rehe wegen des strengen Winters und an Nahrungsmangel gestorben. Todd sagt nichts dazu und fragt sich, wen er damit beruhigen wollte, ihn jedenfalls nicht.

Zumindest konnten sie an diesem Abend zwei weitere Rehe in die Garage hängen

Er merkt wie der Mann mit dem Schneeschaufeln aufhört, reißt jetzt panikartig die Augen auf und sieht, wie der Körper seines Mörders sich in sich verdreht, taumelt und seinerseits in den Schnee stürzt. Dann ist die totale Ruhe wieder da, er kann seine Atmung wieder hören und die Sonne schmilzt den Schnee auf seinem Kopf. Kleine Rinnsale Schmelzwassers laufen ihm über das Gesicht.

8

Verloren

Todd wird mitten in der Nacht durch vorsichtiges aber doch deutliches Herumlaufen einer Person ein Stockwerk über ihm wach und schaut auf seine Uhr. Es ist 2:30 Uhr. Ihm ist klar, dass das nur Charly sein kann. Und wenn Charly mitten in der Nacht aufsteht, muss er nach Consort fahren um ein Schneeräumfahrzeug zu übernehmen. Draußen ist es also noch nicht vorbei mit dem Blizzard. Nur mühsam schläft er wieder ein.

Und so turnte also auch Andy wieder weit vorm aufstehen herum, um anschließend draußen den

Truck vom Schnee zu befreien und danach vorm Haus Schnee zu schippen. Als er und Ben wieder am Küchentresen stehen und nach draußen schauen, müssen sie feststellen, dass noch wesentlich mehr Schnee runtergekommen ist, als vor zwei Tagen und es schneit munter weiter.

„Soll'n wir wirklich los gehen bei dem Wetter?, fragt Todd, „das ist doch Schwachsinn!" Seine Müdigkeit ist größer als die Abenteuerlust, die ohnehin merklich nachgelassen hat.

Ben schmiert an seinem Sandwich herum und scheint sich eine passende Erwiderung zu überlegen.

„Ja, die Chancen sind gering, zumal wenn es weiter schneit. Aber die Woche ist bald um, dann muss ich wieder zur Arbeit. Mehr als eine Woche Urlaub gibt es in Kanada nicht und ich hab schon zwei unbezahlte Tage eingerechnet."

Kurze Zeit später fährt Andy mit dem Truck vor die Haustür; das Zeichen, dass Ben und Todd sich fertigmachen und einsteigen sollen.

Das frühmorgendliche Rausschmeißen der beiden erspart er ihnen diesmal, weil vermutlich auch er einsieht, dass es sinnlos ist. So kurven sie also herum und versuchen, nachdem es hell geworden war, mit ihren Ferngläsern irgendein Stück Wild aufzuspüren.

Andy fährt an einen Feldzugang heran, den Todd bis dato nicht wiedererkannte, an dem sie also zuvor noch nicht gewesen waren. Es war ein unglaublich großes Stück Land, welches von mehreren Anhöhen aus überschaubar war, zumal der Schneefall nachgelassen hatte. In der Ferne entdeckt Andy erstmalig einen anderen Truck, der ihnen halbwegs entgegen gefahren kam. Er fuhr etwas mehr in dessen Richtung, um dem Fahrer unmittelbar zu begegnen. Als sie ihm näherkamen, erkannten sie, dass es sich bei dem Truck um ein nagelneues Dodge-Modell handelte.

„Was will der denn mit dieser Luxuskarre hier?", fragt Ben. Normalerweise würde niemand mit seinem niegelnagelneuen 40.000-Dollar-Truck hier in der Wildnis herumfahren.

„Ich hab absolut keine Ahnung", sinnt Andy vor sich hin, hebt die Hand zum Gruß, als der Wagen auf gleicher Höhe war, den der Fahrer aber nicht erwidert und sie nicht einmal anschaut. Sie fahren aneinander vorbei und Andy ließ den Wagen langsam weiterrollen und schaut dabei in den Rückspiegel.

„Hast Du das license-plate* gesehen?", fragt Ben.

„Was?"

Andy, der in Alberta aufgewachsen und vermutlich kaum mal die Provinz verlassen hat, hat keinen Blick für ein vorderes Autokennzeichen. Ben hat sich an seinem Truck sein ehemaliges HH-Kennzeichen angeschraubt.

„Der hatte ein Kennzeichen aus Saskatchewan vorne".

„Aha", meint Andy grübelnd, „dann darf der aber hier in Alberta nicht zur Jagd gehen".

„Vielleicht ist der auch gar nicht zum Jagen hier".

Als sie nach einiger Zeit das Feld wieder über ein Gatter verlassen, schaut Andy sich nochmal seine Karte mit den Markierungen an, dreht sie perspektivisch um 90^0 und ist offenbar etwas desorientiert.

„Sag mir mal die Position", fordert er Ben auf, der daraufhin an seinem Handy die Maps-Funktion startet.

„Oh shit", entfährt es Andy, „wir waren die ganze Zeit auf Lindsays Land".

„Puh, zum Glück haben wir hier nichts geschossen", meint Ben.

„Wer ist denn dieser Lindsay?", fragt Todd.

Und Ben erklärt ihm, dass Lindsay ein Farmer ist, Nachbar von Charly, der in der ganzen Gegend verhasst ist, weil er mit allen anderen Farmern um sich herum im Streit liegt und jeden mindestens einmal vor Gericht gezerrt hat. Charly hatte auch mal das Vergnügen sich mit ihm wegen irgendwelcher Zäune streiten zu müssen. Noch heute flucht er manchmal über die paar tausend Dollar Anwaltskosten, die ihn der Blödsinn gekostet hätten.

„Wenn wir auf dessen Land was geschossen hätten, dann hätten wir ein richtiges Problem gehabt."

Ohne Aussicht auf ein Stück Wild fuhr Andy herum und kurz nach Mittag setzte auch der Schneefall wieder ein, der zunehmend stärker wurde.

Todd hofft, dass Andy die heutige Tour endlich für beendet erklärt und heimfährt, aber da entdeckt er plötzlich einen Coyoten. Und nicht nur einen, sondern gleich mehrere!

„Coyoten sind immer allein, außer irgendwo gibt es richtig was zu fressen."

Sie fahren auf einer tiefverschneiten Schotterpiste

und verfolgen die Coyoten mit ihren Augen, denn durch das Fernglas kann man wegen des Schneetreibens nichts mehr erkennen.

Andy bremst und bleibt stehen, fährt das Seitenfenster runter, denn er hat den Grund für den Coyoten-Auflauf entdeckt: Nicht weit vom Straßenrand steht ein Kalb vollkommen mit Schnee bedeckt unter einem Busch, ebenfalls mit vom Schnee schwer nach unten hängenden Zweigen. Und es befindet sich außerhalb des Zauns!

Ungläubig schauen die Männer in Richtung der Kreatur und benötigen einige Zeit, bis sie erkennen, was sie vor sich haben.

„Wie ist das denn da hin gekommen?", fragt Ben.

„Keine Ahnung, muss irgendwie das Muttertier verloren haben.

Die Stacheldrahtzäune der Rinderfarmer sind generell in sehr gutem Zustand. Wegen des trockenen Wetters vergammeln die hölzernen Pfosten quasi nie, daher ist es sehr ungewöhnlich, dass eines der Rinder irgendwie entwischen kann.

Andy schaut wieder auf seine Karte und Ben unterstützt ihn mit der Maps-Position. Ohne weiter mit den anderen zu sprechen, greift er sein Handy und wählt eine Nummer.

„Hi, hier ist Andy Wilson, der Neffe von Charly"

Der andere ist ein Farmer und überrascht ihn am Telefon zu haben.

Er erklärt ihm, dass er glaubt, dass eines seiner Kälber außerhalb des Zaunes gelangt ist und von Coyoten angegangen wird. Der Farmer scheint das nicht recht zu glauben, vielleicht hat er eher keine Lust, bei dem Wetter jetzt rauszufahren, aber Andy versucht ihn zu überreden sich die Sache mal anzusehen.

„Und?", fragt Ben.

„Mal sehen, vielleicht kommt er raus"

Sie stehen mindestens fünfzehn Minuten herum und Andy raucht in der Zwischenzeit zwei Zigaretten. Solange sie mit dem beleuchteten Truck und laufendem Motor in der Nähe des Kalbs stehen, wagen sich die Coyoten nicht näher heran. Andy schmeißt seine Kippe aus dem Fenster, dann wendet er und fährt rückwärts näher an das Kalb heran. Das scheint völlig entkräftet zu sein und steht lethargisch unter dem Busch. Er steigt aus, greift auf der Ladefläche nach einem Seil, bindet eine Schlinge und nähert sich vorsichtig dem Kalb. Ohne Probleme kann er dem Tier die Schlinge um den Hals legen. Er winkt den anderen Männern und bedeutet Ben auf den Fahrersitz zu steigen und den Truck weiter zurück in seine Richtung zu fahren. Als er nah genug ist, hebt Andy die Hand und Ben bremst ab. Er nimmt das Seil und knotet es an einem in der Stoßstange befindlichen Abschlephaken fest.

In dem Moment kommt ein Truck mit einem Viehtrailer an. Der Fahrer steigt aus, begrüßt Andy mit Handschlag und geht auf das Kalb zu. Er wischt dem Tier den Schnee vom Hinterlauf. Ben und Todd können hören, wie der Farmer laut palavernd und lachend auf Andy zugeht, sich mit einem Klapps auf dessen Schulter verabschiedet und mit seinem

Gespann davonbraust.

Andy steigt wieder ein.

„Es ist eines von Lindsays Kälbern", sagt er tonlos.

„Scheiße, und nun ?"

Andy redet wieder nicht, schaut auf seine Karte, grummelt ein wenig herum, dann greift er wieder zum Telefon.

„Ich bin Andy Wilson, der Neffe von Charly".

Der andere am Telefon scheint wohl weniger überrascht, sondern eher verärgert durch Andys Anruf gestört zu werden.

„Ich hab ein Kalb von ihnen am Haken dass wir auf der Straße außerhalb des Zaunes aufgegriffen haben".

Der andere erwidert irgendwas.

„Doch, doch, es ist wirklich ihres, Dick Johnson war hier und hat ihr Brandzeichen identifiziert".

Wieder redet der andere irgendetwas.

„Also holen Sie es hier nun ab?" Andy hatte kein Bock mehr auf das Telefonat und die ganze Sache.

Der andere sagt irgendwas und dann ist das Telefonat grußlos beendet.

Ben und Todd schauen ihn fragend an.

„Er kommt nicht raus. Ich denke er glaubt mir nicht, der alte Schwachkopf.

„Also, ich finde, wir gönnen den Coyoten mal ein schönes Abendessen und machen uns selbst auf den Weg zu unserem Abendessen bei Anne, was meint ihr?", sagt Ben. Keiner der anderen antwortet: Todd, weil er sich nicht einmischen will und Andy grummelt weiter, starrt auf seine Karte und dann schaltet er den runden Schalter von 2H auf 4L* und die Lenkradautomatik auf D* und lässt den Wagen in minimaler Geschwindigkeit anfahren.

„Was hast Du vor?"

„Wir werden bei meinem liebsten Freund Lindsay mal auf einen Kaffee vorbeischauen".

———

Mit einem leichten Ruck des gespannten Lassos reißt der anziehende Truck das Kalb aus seiner Lethargie und es bewegt sich langsam vorwärts. Die ersten Schritte des kleinen aber durchaus schon massigen Tieres sind noch unsicher, aber Schritt für Schritt scheint es zu erkennen, dass die Männer es aus seiner misslichen Lage befreien und vielleicht nach Hause bringen wollen. Andy kann auf 4H umschalten aber wesentlich schneller kommen sie nicht voran. Ben ist konsterniert, angesichts der Strecke und der voraussichtlichen Dauer des Tiertransports.

„Wenn wir bei dem ankommen, ist es Mitternacht!"

„Ich nehm 'ne Abkürzung quer über Lindsays Land"

Über mehrere Stunden gondeln sie in Schrittgeschwindigkeit über Wege durch Gatter durch Felder und Schneewehen, Anhöhen und durch steile Senken hindurch, bis sie, es ist zwischenzeitig dunkel geworden, Lichter in der Ferner erkennen. Andy fährt weitestgehend in Ideallinie auf diese Lichter zu. Sie erreichen die Farm von Lindsay, der seinerseits das ankommende Fahrzeug längst bemerkt hat und aus dem Haus getreten ist. Andy hält den Wagen an und sie sehen Lindsay im Scheinwerferlicht und seine Frau, die neugierig in der offenen Haustür steht.

Andy steigt aus und sie wechseln, ohne sich zu begrüßen ein paar Worte, woraufhin beide hinter den Truck treten und Lindsay durch einen Blick auf das Hinterteil des Kalbes bestätigt sieht, dass es seines ist. Andy löst das Seil am Truck und gemeinsam führen sie das Tier entlang des Farmhauses in Richtung einer Scheune.

Die Frau blökt rüber zu ihrem Mann:

„Ist das der Wilson-Bengel?"

Lindsay antwortet nicht und macht statt dessen eine unwirsche Handbewegung in ihre Richtung, im Sinne, sie soll den Mund halten. Natürlich weiß die Frau, dass es sich nur um Andy handeln kann, denn ihr Mann hat ihr natürlich von dem Telefonat erzählt aber sie kann es sich nicht verkneifen, eine feindliche Bemerkung in Andys Richtung zu machen. Andy hatte niemals irgendein negatives Erlebnis mit Lindsay oder dessen Frau gehabt, er hat nur das Pech, Charlys Neffe zu sein.

Ben wird immer ungeduldiger.

„Mann, was will der denn jetzt noch mit dem Typ im Stall? Will der beim Melken helfen!?"

Es dauert nochmal 10 Minuten, bis beide Männer

wieder in das Scheinwerferlicht des Trucks treten.

Aber Andy hatte seinen Grund sich länger als vielleicht notwendig mit Lindsay abzugeben, denn er fragte ihn:

„Scheiß Wetter, wird echt schwierig jetzt bei dem Schneefall und der Dunkelheit den Weg zu Charly zurückzufinden". Pause. Der andere schaut ihn an.

„Können wir heute Nacht bei ihnen übernachten?"

Lindsay antwortet nicht, statt dessen geht er einen Schritt auf Andys Truck zu und wischt mit einer Hand über den Kühlergrill den Schnee zur Seite und das Emblem des Autoherstellers kommt zum Vorschein.

„Roter GMC", Pause, „Ihr wart heute auf meinem Land umhergefahren, oder?"

Die Frage war eher eine Feststellung. Der Typ mit der Nobelschüssel muss ihm davon berichtet haben.

„Ich hatte mich vertan, tut mir leid, aber wir haben nichts geschossen und sind sofort wieder runter, als ich bemerkt hatte, dass ich auf dem falschen Feld war".

Erneute Pause, während der sich die Männer ansahen.

„Was willst Du da noch, steh nicht rum, komm wieder rein!", blökt die Frau erneut vom Haus herüber.

„Ihr könnt in der Scheune da drüben im Heu übernachten", und er nickt in Richtung einer riesigen Scheune in entgegengesetzter Richtung zum Wohnhaus, „wenn Du da rüberfährst, schalte das Licht aus und park deinen Wagen hinter der Scheune"

Damit drehte er sich um und ging zum Wohnhaus zurück. Die Frau verschwand aus dem Hauseingang und stand nun an einem Fenster mit Blick auf den Vorplatz.

Andy steigt wieder ein.

„Wir bleiben heut Nacht hier"

„Was?"

„Wir pennen in der Scheune da hinten"

Andy erklärt nicht weiter, wieso, weshalb, warum, und die anderen beiden stellen auch keine Fragen. Er wendet, fährt ein Stück, dann schaltet er die Beleuchtung aus und statt vom Grundstück zu fahren, biegt er links ab und parkt den Truck im Sichtschatten des Wohnhauses hinter der Scheune.

Sie steigen aus, greifen ihre Rucksäcke und Waffen und gehen an das Scheunentor. Andy leuchtet kurz mit der Taschenlampe seines Handys, um sich die Torverriegelung anzusehen, öffnet sie, und mit vereinten Kräften schieben sie das riesige Tor ein Stück auf, gehen hinein und schieben das Tor wieder zu. Andy leuchtet erneut auf der Suche nach einem Lichtschalter. Als er den Schalter umlegt, leuchtet eine große Lampe den vorderen Bereich der Scheune aus. Sie ist wahrhaftig riesig. Im hinteren Bereich sind ein Mähdrescher und mehrere Traktoren und Anhänger zu erkennen, auf halber Höhe befindet sich seitlich ein Heuschober, gestopft voll Heu, auf den man über eine wackelige Holzleiter hinauf gelangen kann.

Der genervte Ben scheint sich mit der Situation schon abgefunden zu haben, denn er stapft mit seinen ganzen Klamotten die wackelige Leiter hinauf, als sei sie eine elegante Treppe, nichtbeachtend, dass sie sich auf halber Höhe gefährlich durchbiegt. Todd kann nicht hinsehen: Er hat ohnehin Höhenangst, aber wie er auf dem klapprigen Ding da hoch und morgen früh wieder runterkommen soll, weiß er noch nicht. Er geht mit Andy auf die andere Seite der Scheune in der eckige Strohballen gestapelt liegen. Sie greifen jeweils einzeln mehrere und legen sie vorne unterhalb der Deckenlampe in einem Halbrund hin, als Sitzgelegenheit um ein imaginäres Lagerfeuer.

Er und Andy setzen sich auf die Strohballen, als Ben die Treppe wieder runtergestapft kommt:

„Hey Männer, habt ihr lecker supper* auf dem Tisch?"

Der witzig erscheinende Spruch kommt vom ihm eher sarkastisch rüber, wissen sie doch, dass sie außer den Resten ihrer Frühstücks- und Lunch-Verpflegung nichts mehr in den Rucksäcken haben. Todd kaut jetzt auf seinem Peanut-butter-Sandwich, welches er eigentlich überhaupt nicht mag, es ihm aber jetzt in dieser Situation gelegen kommt, es noch zu haben. Dazu trinkt er jeweils kleine Schlucke aus seiner Plastikflasche von dem blaugefärbten Mineralwasser mit Geschmack nach irgendetwas Künstlichem, um den unangenehmen Geschmack des Einen mit dem des Anderen hinunterzuspülen.

Nahezu wortlos sitzen die Männer, daddeln ab und zu auf ihren Handys und merken, wie die Kälte langsam über die Füße und Wadenbeine in ihre Körper kriecht.

Sie blicken auf, als sie plötzlich Motorengeräusche

vor dem Scheunentor hören und helles Scheinwerferlicht sehen, das offenbar gegen das Tor und durch einige der Ritzen hindurchscheint. Der Motor wird abgeschaltet, das Licht der Scheinwerfer geht aus, eine Wagentür öffnet sich und schlägt zu, dann hantiert jemand an dem Tor. Mühsam öffnet derjenige das Tor, tritt durch einen knappen Spalt ein und schiebt es wieder zu.

„Hi", sagt der Mann knapp im Halbdunkel des Torbereiches und geht schnurstracks in den hinteren Bereich der Scheune. Er scheint sich auszukennen.

Etwas verwundert blicken sie in seine Richtung und können erkennen, dass der Mann offenbar dort im Stroh sein Nachtlager einrichtet und kurze Zeit später sich hinzulegen scheint.

„Das ist der Typ mit dem Nobeltruck", flüstert Ben.

„Ja?"

„Ja, ich bin mir sicher, dass das der ist"

Als sie die letzten Reste verspeist und die letzten Schlucke aus ihren Plastikflaschen getrunken haben, greift Andy nach seinem Rucksack und Gewehr und geht die Leiter hinauf. Oh Mann, denkt Todd, der wiegt mindestens 20 kg mehr als Ben, wie will der da hochkommen? Er kann gar nicht hinsehen, sieht aber doch so viel, dass er erkennt, dass auch Andy da hinaufstapft, als mache er dies täglich.

„Ja, lass uns auch mal auch zusehen, dass wir 'ne Mütze voll Schlaf bekommen können", sagt Ben zu Todd auf Deutsch, geht an die Leiter und will hinaufstiefeln.

„Nee lass mal, ich bleib hier unten. Hier liegt auch ein wenig Heu, das reicht für mich, damit komm ich klar"

„Echt?"

„Ja, ja, passt schon, die Leiter ist nichts für mich", gibt er unumwunden zu.

„Na, ja, die Mäuse krabbeln dir hier unten genauso im Gesicht rum, wie oben, ist auch egal". Dann steigt er hoch.

Todd schiebt sich mehrere Strohballen zusammen und fegt mit einem Besen einen kleinen Berg Heu zusammen, aus dem Zeug, was aus der oberen Etage mit der Zeit heruntergerieselt war und baut sich daraus auf den Ballen ein kleines Nest. Er nimmt seinen Rucksack und sein Gewehr, legt beides neben sich und versucht sich in das Heu ein wenig einzumummeln.

Das Deckenlicht lassen sie die Nacht über an.

Todd braucht eine ziemliche Zeit, sich an die Geräusche im Heu, vermutlich verursacht von Mäusen, dem Geknarre der Balken, und Latten, die sich dem Wind und Schnee entgegen stemmen und der Kälte in seinen Füßen und Beinen, die nur schwer entweichen will, zu gewöhnen.

Doch irgendwann ist die Müdigkeit stärker.

———

Als Todd erwacht kann er schon ein kleines bisschen Helligkeit durch die Ritzen des großen Scheunentores erkennen. Alles ist still. Offenbar ist der Blizzard zumindest fürs Erste durchgezogen. Er hat das Gefühl, von den anderen allein zurückgelassen worden zu sein, so leise ist es. Auf einem Balken über ihm sitzt eine Katze, die hier offenbar ihren Spielplatz und Jagdgelände hat. In Abständen robbt sie über den Balken in Richtung der Außenwand und beobachtet still und leise liegend ihr Terrain. Als er plötzlich Geknarze über sich hört, sieht er, wie Ben die Leiter heruntersteigt. Die Katze verschwindet in Windeseile, obwohl er bald 20 Meter von ihr entfernt ist und er sie auch mit Sicherheit garnicht gesehen hat.

„Morgen, gut geschlafen?"

„Ja, besser als ich dachte. Nachdem ich erst garnicht einschlafen konnte, hab ich bis eben wie ein Stein geschlafen"

„Na, dann bist du ja fit, dass wir heute auf whitetail-Jagd gehen können, die soll es hier nämlich verstärkt geben, weil sich ein See in der Nähe befindet. Allerdings gehört vieles von dem Land Lindsay, da müssen wir aufpassen"

Auch Andy kommt die Leiter heruntergestapft.

Er wirkt total aufgeräumt und erzählt, er hätte gut geschlafen und keine Rückenschmerzen.

„Na, da solltest Du bei Charly jetzt auch im Heuschober pennen und ich übernehm' dein Bett im Keller", witzelt Ben. Andy verzieht das Gesicht, weil er es angesichts seiner gesundheitlichen Probleme wohl eher nicht so lustig findet.

Todd zerwühlt wie ein Irrer sein Schlafnest aus Heu, wirbelt alles durcheinander und gibt dabei unverständliche panische Laute von sich.

„Was ist los?"

„Mein Gewehr, mein Gewehr ist weg !"

„Quatsch!"

„Doch ich hatte es gestern Nacht neben mir hier im Heu !"

Die anderen schauen ihn ungläubig an, während er weiter herumwirbelt, „Scheiße Mann !"

„Andy schau mal im Truck, vielleicht hat er es gestern da liegengelassen"

Andy öffnet das Scheunentor einen Spalt, schlüpft hinaus und geht um die Ecke zu seinem Truck. Fast unmittelbar kommt er zurück und sagt, dass es nicht im Wagen liegt.

Todd ist vor Panik den Tränen nahe.

„Hast Du es gestern hier irgendwo anders liegengelassen ?"

„Nein, ich hatte es ganz sicher neben mir hier im Heu!"

„Das kann doch nicht wahr sein!"

„Dann hast Du es wohl irgendwo in der Wildnis verloren", meint Andy.

„Scheiße, scheiße, scheiße"

Aber Todd gewinnt seine Fassung langsam zurück, denn er kann unmittelbar durch den Spalt des offenen Scheunentores nach draußen schauen und da fällt ihm auf, dass da kein Truck vor dem Tor steht.

„Scheiße, wo ist der Typ von gestern Abend?",

fragt er sich quasi laut selbst und läuft zielstrebig nach hinten, wo der Andere sein Nachtlager hatte.

Aber es ist nichts zu sehen, nicht mal zu erkennen, dass hier überhaupt jemand gepennt hatte. Er trottet zurück nach vorn, öffnet das Tor ein wenig weiter und es sind deutlich Fahrzeugspuren vor dem Tor zu erkennen, verschneite ankommende und deutliche, wieder abfahrende Spuren.

„Der Typ hat mein Gewehr geklaut", sagt er kleinlaut gegenüber den beiden Anderen.

„Das ist doch Unsinn"

„Lass uns nochmal überall hier suchen"

„Brauchen wir nicht, ich bin sicher, der hat es geklaut".

Die anderen sagen nichts mehr.

Todd setzt sich auf einen der Strohballen: „Was sollen wir jetzt machen? Dieser Lindsay wird den Typen doch kennen, der muss uns doch sagen können, wie der heißt und wo der sein kann"

„Ich kann nicht nochmal zu Lindsay rüber, dann wird seine Alte auf mich schießen", sagt Andy mit ernster Miene, „zumal wenn ich dem so'n Scheiß erzähle, sein Arbeiter hätte das Gewehr meines Kumpels geklaut".

Nachdem Todd sich weiter etwas beruhigt hat, nimmt er seinen Rucksack und zieht sich fertig an, dabei tritt er mit den Stiefeln nochmal durch das ganze Heu, in dem er gelegen hatte.

Die anderen haben Ihre Gewehre geschultert und signalisieren stillschweigend, dass sie jetzt abfahren wollen. Todd hat seinen Rucksack über der rechten

Schulter und geht nach draußen. Andy schaltet das Deckenlicht aus und er und Ben schieben das Scheunentor von außen zu, dann steigen alle drei in seinen Truck.

Andy verlässt den Hof indem er hinter der Scheune über ein Feld fährt, außer Sichtweite des Wohnhauses von Lindsay und seiner Frau.

9

Vergeigen

Während Andy und Ben die Sache mit dem verschwundenen Gewehr schon wieder fast vergessen haben, so intensiv, wie sie sich über die whitetail-Chancen unterhalten, kann Todd sich auf garnichts anderes konzentrieren, als den Verlust seines Gewehres und wie er es wiederbekommen kann. Wieso hat der Typ das Gewehr überhaupt geklaut ? Die Möglichkeit, es verloren zu haben ist jenseits seiner Vorstellung, nein er ist sich 100% sicher, dass er es gestern Abend neben sich ins Heu gelegt hatte. Scheiße, das Ding hat 800 Euro gekostet mit allem Zubehör, Zielfernrohr, Koffer und so weiter. Wieso hat der mir das Gewehr geklaut. Doch so sehr er sich darüber den Kopf zerbricht, er weiß nicht was er machen soll und die anderen beiden gehen ihm auf den Geist, weil sie das auf die leichte Schulter nehmen und über ihre Scheiß-Rehe quatschen.

Mittags sehen sie tatsächlich eine ganze Herde whitetail, bestimmt 10 Tiere und Andy macht sich an die Verfolgung. Aber sie queren die Straße und laufen danach wieder auf einem Feld, das Lindsay gehört. Die Tiere bewegen sich in einem großzügigen Kreis und Andy, vom Jagdfieber gepackt, heizt wie ein Irrer um die jeweiligen Felder herum, in der Hoffnung, sich wieder vor die Tiere zu setzen. Todd kann nicht anders, er muss sich wohl oder übel dem Jagdvorgang anschließen und kann dabei auch ein kleines bisschen die missliche Sache in den Hintergrund schieben. Er bemerkt, dass die Reserveleuchte des Benzintanks schon die ganze Zeit leuchtet, was Andy offenbar bisher überhaupt nicht aufgefallen ist. Aus Sorge, dass der Wagen gleich liegenbleiben wird, spricht er Andy darauf an, der drückt wie im Unterbewusstsein einen Kippschalter, der damit den zweiten Tank aktiviert, der voll anzeigt. Alles kein Problem, der Wagen hat einen 100- und einen weiteren 80-Liter-Tank.

An einem Lindsay-Feld schmeißt er Ben und Todd wieder raus. Das Feld ist ansteigend und er glaubt, dass die Tiere auf der anderen Seite der Anhöhe langlaufen.

Mit den Schneeschuhen an den Füßen marschieren sie los. Die Mittagssonne hat jetzt wieder richtig Kraft und sie müssen ihre Sonnenbrillen rausholen. Todd hat erhebliche konditionelle

Probleme, Ben zu folgen. Völlig außer Atem langt er auf der Anhöhe an, während Ben längst mit seinem Fernglas die Landschaft absucht.

Ja, sie ziehen tatsächlich in 500 Meter Entfernung über das Feld hinweg.

„So schnell wie die sind, holen wir die niemals ein", meint Todd.

„Nein, zu schnell, zu weit weg und wir stehen auf Lindsays Land".

Ben schickt Andy wieder einen Text, dass er sie abholen soll. Sie laufen den Hügel entgegen der Laufrichtung der Tiere wieder hinunter mit dem Ziel der nächsten Querstraße, auf der Andy bereits wartet. Einsteigen weiterfahren, nächstes Feld. Und wieder aussteigen, über den Zaun klettern und eine Anhöhe hinauf. Als sie ankommen, sehen sie die Tiere erneut, aber was sie ebenfalls sehen, ist die Farm von Lindsay.

„Scheiße, wo sind wir denn hier gelandet?", fragt Ben sich selbst. Sie beobachten die Herde, wie sie nur wenige Meter vom Farmhaus entfernt wieder das Feld wechseln und verschwinden.

Dann kracht deutlich hörbar ein Schuss. Und wie die beiden klar identifizieren können, ein Schuss aus einem Jagdgewehr.

Sie sehen die letzten Rehe verschwinden, aber keines wurde getroffen, aber wer hat geschossen ?

Beim hin- und herschwenken mit dem Fernglas bemerkt Todd, dass der Nobel-Truck wieder vor dem Farmhaus parkt und er kann einen Mann erkennen, der vor dem Truck steht und ein Gewehr in der Hand hält. Er sieht einen zweiten Mann, der vor dem

Farmhaus auf dem Boden liegt. Dann kracht ein zweiter Schuss. Der hört sich anders an. Es ist das Geräusch einer Pump-Gun, eine Schrotflinte, wie Ben auch eine besitzt, wenn er auf Gänse-Jagd geht.

Sie können nicht erkennen, wer diesen Schuss abgegeben hat, der Mann mit dem Gewehr aber nicht, der richtet jetzt seinen Lauf auf das Wohnhaus und drückt erneut ab. Sie können sehen, wie eine Person vor der Haustür des Wohnhauses zu Boden fällt:

„Lindsays Frau", ruft Ben aus, „scheiße Mann, der hat gerade Lindsay und seine Frau abgeknallt !"

„Verdammt, was machen wir jetzt ?", fragt Todd panisch, Während beide durch die Ferngläser sehen, dass der Mann in seinen Truck steigt und wegfahren will.

„Mann, schieß ihm in die Reifen", brüllt Todd, „der hat die beiden mit meinem Gewehr umgenietet !"

Ben nimmt sein Gewehr blitzschnell von der Schulter, zielt, entsichert und schießt. Er scheint den Truck getroffen zu haben, aber er fährt weiter und der Fahrer tritt voll aufs Gas.

„Nochmal !", brüllt Todd, „der darf uns nicht entwischen !".

Und er schießt nochmal, aber scheint den Wagen nicht getroffen zu haben.

„Verdammt, vergeigt ! Der ist weg !"

Ben schultert das Gewehr, dann ruft er Andy an, er soll sofort zu Lindsays Hof fahren, dort ist ein Unglück geschehen und er soll den Sheriff und einen Krankenwagen rufen.

Sie selbst marschieren so schnell sie können den Abhang hinunter, müssen aber ca. 1000 Meter durch den Schnee stapfen, bis sie auf der Farm ankommen. Todd jammert unentwegt herum.

„Verdammt, das Schwein hat die mit meinem Gewehr abgeknallt und jetzt werden die mir das in die Schuhe schieben, verdammt, verdammt, verdammt!"

„Bleib ruhig Mann, reiß dich zusammen. Wir wissen von nichts, haben nur was beobachtet und das war's, halt einfach die Schnauze mit deiner Scheiß-Gewehr-Sache. Ich werd' schon aussagen, dass du die ganze Zeit bei mir warst und unbewaffnet bist!"

Sie können sehen, wie Andy auf den Hof gefahren kommt, aussteigt und zu den beiden auf dem Boden liegenden Körpern geht. Er ist am Telefonieren. Dann kommen auch sie beide am Feldrand an, steigen über den Zaun, gehen zu Andy und in erster Linie Todd berichtet Andy total aufgeregt, was sie mit ihren Ferngläsern beobachtet haben, und das er sich sicher ist, dass es der Typ von gestern Abend war, der die beiden mit seinem Gewehr erschossen hätte. Erneut versucht Ben zu beruhigen und jetzt beide darauf einzuschwören, die Geschichte mit dem gestohlenen Gewehr für sich zu behalten, denn sie können bereits die Polizeisirene hören.

Der Sheriff ist relativ schnell am Ort des Geschehens, denn er war zufällig nicht ganz so weit entfernt bei einem anderen Einsatz beschäftigt, außerdem fährt er einen Explorer* mit Allradantrieb, statt der üblichen Limousine mit Hinterradantrieb.

Andy hat sein Gewehr im Truck, Ben sichert seines und legt es vor sich in den Schnee. Als der Assistent des Sheriffs unmittelbar vor ihnen den Wagen zum Stillstand bringt, heben alle drei Männer ihre Arme leicht in die Höhe. Der Sheriff steigt aus und löst den kleinen Lederriemen am Holster seiner Pistole.

„Was ist hier los?"

„Diese zwei Personen wurden von einem Mann erschossen, den wir noch haben flüchten sehen, Sir", antwortet Andy mit einem Wink seiner Hand in Richtung der Toten.

Der Sheriff macht seinem ebenfalls ausgestiegenen Assi ein Zeichen, das Gewehr von Ben aufzunehmen und in den Polizeiwagen zu bringen.

„Irgendwelche Waffen?" fragt er und schaut den drei Männern dabei deutlich in die Gesichter.

„Mein Gewehr ist im Truck, sonst haben wir nur Jagdmesser in den Rucksäcken, Sir", antwortet erneut Andy. Der Assi nimmt ihnen die Rucksäcke ab und legt sie auf die Motorhaube. Dann holt er das Gewehr aus Andys Truck und verstaut es auch im Kofferraum des Explorers.

Jetzt winkt er ihm erneut, als Zeichen, die drei Männer nach Waffen abzutasten. Kurze Zeit später dreht der Assi seinen Kopf ein paarmal von links nach rechts mit Blick auf seinen Chef, um zu signalisieren: Keine Waffen.

„Relax", sagt der Sheriff, und sie lassen ihre Arme wieder absinken.

Der Krankenwagen fährt auf den Hof. Zwei

Sanitäter springen heraus, öffnen die Hecktür und machen Anstalten, eine Krankenbahre aus dem Fahrzeug zu holen, während ein Arzt mit einem knappen ‚Good Morning, Sir" am Sheriff vorbeigeht, obwohl es längst nachmittags war.

Sie beobachten alle ohne ihre Standposition zu verändern, was der Arzt macht.

Kurze Zeit später kommt er zu den anderen zurück und seine beiden Sanitäter kommen mit der Trage entgegen.

„Get it back, call the coroner", sagt er an ihre Adresse gerichtet, und dann zum Sheriff:

„Beide tot, faxen Sie mir die Ausweise ins Krankenhaus, dann schick ich die Totenscheine nach Red Deer".

Der Sheriff nickt, auch halb in Richtung seines Assis, um ihm damit zu verstehen zu geben, er solle das erledigen.

Dann fährt der Krankenwagen wieder davon. Der Assi telefoniert im Wagen.

„Also", hebt der Sheriff an, „sind sie bereit eine Aussage zu machen oder muss ich sie vorläufig festnehmen und ihnen ihre Rechte verlesen?"

Andy schaut unsicher nach links und rechts auf die anderen beiden und sagt:

„Nein, nein, Sir, Sie können uns befragen, kein Problem".

„Gut, dann kommen Sie mal als Erster mit"

Und Andy tritt vor, der Sheriff öffnet die hintere Tür des Wagens und Andy setzt sich hinein. Er selbst setzt sich wieder auf den Beifahrersitz und schließt die

Tür.

Die beiden anderen können sehen, wie sie sich unterhalten und der Sheriff sich Notizen macht. Ab und zu hat Todd den Eindruck, der Sheriff schaut ihn an.

„Was soll ich dem denn jetzt sagen, wegen des gestohlenen Gewehrs?"

„Weiß ich auch nicht, wenn Du merkst, dass sie die Geschichte schon von Andy kennen, dann musst du sie bestätigen, bloß nicht lügen, dann buchtet dich der Typ sofort ein!"

„Scheiße, Mann"

„Bleib ruhig, wenn Du in Panik gerätst, bringst du dich und uns alle in den Knast."

Nach fünfzehn Minuten steigt Andy wieder aus und Ben steigt in den Wagen. Der Assi hat mittlerweile den Motor wieder gestartet, damit die Heizung läuft. Todd hat eisige Füße vom Herumstehen, bleibt aber weiterhin auf der Stelle stehen, während Andy in seinen Truck steigt. In der Zwischenzeit sind weitere Polizisten gekommen, die in weißen Kitteln bekleidet Spuren sichern, ohne Ende Fotos schießen und auch das Wohnhaus und Scheunen durchsuchen.

Dann steigt Ben endlich aus, dreht sich um, um zu Andy in den Truck zu steigen. Die Tür des Polizeiwagens lässt er offen stehen und mit einem genervten Fingerzeig des Sheriffs steigt Todd hinten ein und schließt die Tür. Er ist fast froh endlich zu sitzen und trotz der Anspannung durchzieht ihn ein wohliges Schütteln in Erwartung, dass seine Füße und

Wadenbeine wieder etwas auftauen.

„Name?"

Er nennt seinen vollen Namen und der Sheriff versucht ihn aufzuschreiben.

„Wie, schreibt man das?"

Todd reicht dem Sheriff seinen Pass.

„Shor-stan? Was zur Hölle ist das für ein Name?"

„Norwegian, Sir, Sie können auch einfach Todd schreiben, so werde ich genannt"

„So Todd, dann erzählen sie mir man mal ihre Fassung von der Sache hier"

Er erzählt, dass sie mehrere Rehe zu Fuß auf dem Feld nebenan verfolgt und aus der Distanz beobachtet hätten, dass ein Mann die beiden erschossen hatte und mit seinem Truck geflüchtet ist.

„Und?"

„Nichts ‚und' Sir, das war's"

„Junger Mann", setzt der Sheriff geruhsam an, obwohl ihm mit Blick auf sein Geburtsdatum im Pass klar sein muss, dass Todd längst kein junger Mann mehr ist, „sie haben die Möglichkeit, mir jetzt die ganze Geschichte zu erzählen und dann können sie erstmal wieder aussteigen oder sie machen jetzt gleich einen kleinen Ausflug nach Red Deer mit uns und schau'n sich mal unsere Untersuchungszellen ein weinig von innen an"

Todd merkt, wie die Panik in ihm aufsteigt. Aber er erhält Gelegenheit, seine Fassung wieder zu erlangen, denn gleich zwei Autos hintereinander fahren an die Beifahrerseite des Sheriffwagens heran. Der lässt das Fenster herunterfahren.

„Nach Red Deer in die Gerichtsmedizin?" fragt der Leichenwagenfahrer, obwohl er eigentlich genau weiß, wohin er die beiden Toten bringen soll.

„Yep", sagt der Sheriff ohne ihn direkt anzusehen, woraufhin der andere einen zackigen militärischen Gruß mit der Hand an der Schläfe, macht, sein Fenster hoch und mit dem Wagen losfährt. Der Sheriff erwidert den Gruß mit lascher Hand an die Schläfe, wohl wissend, dass der Fahrer ihn mit dieser Geste eher ein wenig hochnimmt, als sie tatsächlich Erst meint.

Ein weiterer Mann in einer in der Szenerie ziemlich unpassenden schnieken roten Uniform steigt aus seinem Wagen, schiebt seinen braunen Filzhut zurecht und kommt zum Wagen des Sheriffs. Ein Polizist der RCMP*:

„Sir, wir haben die Spuren verfolgt, von dem angeblichen Truck. Es führen aber mehrere hinter dem Wohnhaus weg. An einer Stelle haben wir einen ganz ordentlichen Gipsabdruck einer Reifenspur aufnehmen können. Sieht nach neuwertigen Reifen aus, tiefes Profil. Ich lass den Abdruck zu ihnen nach Red Dear ins Squat* bringen"

„Danke Ihnen" und er grüßt erneut mit der Hand an der Schläfe, diesmal allerdings etwas ernsthafter.

Er hat sein Fenster noch garnicht wieder richtig hochgefahren, da fällt ihm was auf:

„Brzinski !", brüllt der Sheriff durchs offene Fenster. Sein Assi war zwischenzeitig zum Rauchen ausgestiegen und stand hinter dem Wagen. „Da ist schon wieder dieser Pressefutzi", und er deutet auf einen Mann, der sich klammheimlich dem Tatort mit seiner Kamera genähert hat und Fotos schießt. „Seh zu, dass du dem in Arsch trittst, der soll sich verdammt nochmal verpissen!"

Er fährt sein Fenster wieder hoch, blickt in den perspektivischen Rückspiegel, mit dem man von vorne die Personen auf der Rücksitzbank beobachten kann,

„ja, weiter !", er klingt genervt.

Jetzt erzählt Ben, dass sie den mysteriösen Luxustruck gestern gesehen hätten, dass sie die letzte Nacht mit dem Fahrer gemeinsam in der großen Scheune hier auf der Farm übernachtet aber kein Wort mit ihm gesprochen hätten und heute Morgen war er spurlos verschwunden.

Er soll noch eine Personenbeschreibung abgeben, die der Assi, der wieder eingestiegen war, aufschreibt, während der Sheriff aus dem Fenster schaut und nachdenkt.

Dann ist es ruhig im Wagen und der Sheriff schaut ihn durch den Spiegel wieder an.

„Das gefällt mir nicht, wieso hab ich den Eindruck, dass sie mir nicht die ganze Geschichte erzählen? Ihr Kollege hat mir auch schon die Story von dem mysteriösen Typen und seinem neuen Dodge aufgetischt."

„Sir, mehr weiß ich nicht, Sir"

Nach einer erneuten Pause sagt der Sheriff:

„Sie wohnen auch da wo die anderen wohnen, auf dieser Wilson-Farm ?"

„Ja, Sir".

110

„Ihren Pass behalt ich erstmal, halten sie sich für eine weitere Vernehmung bereit.

„Ja, Sir".

„Wann haben sie ihren Rückflug gebucht ?"

„In vier Tagen geht mein Flieger".

„Na, da buchen sie schon mal um, so schnell werd' ich sie hier sicher nicht außer Landes lassen".

Der Sheriff macht eine wegwerfende Handbewegung, die Todd als Erlaubnis auszusteigen versteht. Der Assi hatte zwischenzeitig die Rucksäcke durchsucht, drückt sie nun Todd in die Hand und dieser geht mit ihnen zurück zu Andys Truck.

Todd steigt hinten ein. Alle drei sind schweigsam.

Andy zieht an seiner Zigarette, schnipst die Kippe aus dem Fenster und sagt::

„Ab nach Hause", und startet den Motor.

10

Verschwinden

Als sie im Dunkeln auf Charlys Farm ankommen, muss Andy vor dem Wohnhaus abrupt bremsen. Es sind alle Plätze vor dem Haus mit anderen Autos belegt.

„Hat Dein Onkel heute Geburtstag ?", fragt Ben.

„Weiß nicht. Das sind die Karren von meinen Cousins und anderen Verwandten, ich weiß nicht, was die hier alle wollen." Aber er ahnt es natürlich schon.

Andy hatte sich wie immer vorher per Textnachricht angekündigt und Charly hatte offenbar schon Nachricht von der Schießerei auf Lindsays Farm aus anderen Quellen. Ihm schwante, dass die ganzen Verwandten und Nachbarn neugierig, wie sie sind, jetzt von ihm aus erster Hand die blutrünstige

Geschichte erfahren wollen.

Als sie das Haus betreten kommen Charly und Anne sofort auf sie zu und nehmen die Männer alle jeweils zur Begrüßung in den Arm. Todd hatte den Eindruck, dass sie, wie auch die gespannt und mucksmäuschenstill, sie mit großen Augen anstarrende Verwandtschaft, sie empfangen, als seien sie unerwartet aus dem Krieg heimgekehrt.

Der Eingangsbereich hängt voller dicker Jacken und sie quälen sich im Stehen aus den schneebedeckten Stiefeln und mussten schauen, noch einen Platz zum Abstellen derselben zu finden.

Charly hatte an die anderen schon seine üblichen Drinks verteilt und drückt nun den Männern ebenfalls jeweils ein Glas in die Hand. Im Wohnzimmer, in dem mehrere Polstergarnituren stehen, die nicht recht zusammen passen, hatten sie extra Platz für die Drei gelassen und geleiteten sie ohne Ausweichmöglichkeit genau dort hin.

Sie setzen sich, rühren das Eis in ihren Gläsern mit den Strohhalmen und alle starren sie gespannt an. Ben merkte, dass Andy, von dem eigentlich alle erwarteten, er würde jetzt mal anfangen zu erzählen, keine Anstalten machte, und Ben wurde es langsam zu peinlich, daher zog er ordentlich an seinem Drink und sagte:

„So Typ mit 'nem nagelneuen Dodge RAM hat Lindsay und seine Frau abgeknallt, Todd und ich konnten es mit unseren Ferngläsern beobachten, wir waren aber mehr als 1000 yards* entfernt", er nahm einen Schluck, „hatten gute Sicht, hab sogar noch versucht auf seine Reifen zu schießen, als er abhaute, aber nicht getroffen".

Wieder Pause, keiner sagt was. Dann bequemt sich Andy, doch mal ein Statement abzugeben:

„Ja, ich hab die Toten gesehen, bevor sie sie abtransportiert haben, Lindsay lag im Hof, hatte 'ne Kugel in die Brust gekriegt, lag mit dem Gesicht auf dem Boden, sein Rücken war zerfetzt".

Er sah seinen Cousin an, dessen kleiner Sohn sich an seinen Vater schmiegte und sein Blick deutete ihm, er soll vielleicht nicht so detailreich die Toten und ihre Verletzungen beschreiben.

„Dann bin ich rüber zu seiner Frau, wie hieß sie noch?"

„Ellen", sagt Anne.

„Dieses Biest", zischte Charly"

„Na, auf jeden Fall", er zog am Strohhalm, „die lag im Hauseingang, hatte noch ihr Flinte in der Hand, aber der andere war wohl schneller".

Er macht erneut eine Pause, wusste wohl nicht, was er weiter erzählen soll, dann sagt er:

„Ja und dann war auch schon der Sheriff und seine Leute da, ha'm uns unsere Waffen abgenommen und ein bisschen ausgequetscht aber dann ha'm sie uns laufen lassen, werden wohl die nächsten Tage hier aufschlagen und uns nochmal versuchen zu grillen"

Nachdem einer Cousine von Andy ein fassungsloses ‚thats's terrifying' entweicht, fangen jetzt alle an durcheinander zu reden, Ängste zu äußern, dass der Mörder vielleicht ein Massenmörder sei, der in Kürze auf ihren Höfen auftauchen würde, was jetzt mit Lindsays Land geschieht, er hätte doch gar keine Kinder und an der einen oder anderen Stelle taucht auch die Aussage auf, dass es ihnen Recht geschehen sei, sie hätten die ganze Gegend terrorisiert. Gottes gerechte Strafe für ihr lebenslanges schlechtes Verhalten ihnen gegenüber.

Todd reicht es irgendwie. Anne hat vor lauter Aufregung offenbar das Abendessen vergessen und er sehnt sich danach unten in sein Bett zu kriechen und einfach statt dessen ein paar powerbars in sich reinzustopfen.

Auch Andy hat ganz offenkundig kein Bock auf seine Verwandtschaft und sucht händeringend nach einer Möglichkeit sich verdrücken zu können. Als alle aufstehen, die Kinder umherspringen, die Erwachsenen sich am Kühlschrank bedienen um Eiswasser und Cola nachzufüllen, entsteht ein allgemeines Durcheinander, in dem Andy seinem Onkel kurz andeutet, dass er sich erstmal umziehen und vielleicht duschen will. Ohne dass es jemandem besonders auffällt, verschwindet er nach unten und wird auch an dem Abend nicht wieder hochkommen.

Kurze Zeit später erfasst auch Todd die Gelegenheit, sich zu verdrücken, während Ben den Alleinunterhalter gibt, der die ganze Geschichte in etwas ausgeschmückter Form nochmal zum Besten gibt.

Unten angekommen, kommt Andy gerade aus dem Bad, geht kommentarlos in seine Ecke und legt sich in sein Bett. Todd zieht die dicken Klamotten aus und wie er merkt, dass die Unterwäsche ihm am

Körper klebt, beschließt er es Andy gleichzutun und erstmal schnell zu Duschen. Danach fühlt er sich tatsächlich etwas besser, legt sich ins Bett, isst einige Müsliriegel und spült mit etwas Wasser aus seiner Plastikflasche nach.

Als er sich hinlegt, kann er nicht schlafen, sondern das Erlebte überwältigt seinen Geist und seinen Körper vollkommen. Immer wieder träumt er halb schlafend, halb wachend, wie der Sheriff vor ihm steht, seine Pistole auf ihn richtet und sein Assi ihm die Hände mit Handschellen auf dem Rücken fixiert. Vor allem setzt sich mehr und mehr in seinem Kopf fest, dass er selbst den Mörder finden muss, wenn er nicht für die Tat verantwortlich gemacht werden will. Der Sheriff traut ihm ganz offensichtlich nicht, der blufft nicht, nein, der hat wirklich im Urin, dass Todd mehr mit der Sache zu tun hat, als er bisher zugegeben hat. Todd glaubt fest, dass er früher oder später ihn als den Täter festnehmen wird.

Also muss er sich selbst auf die Suche nach dem wahren Mörder begeben.

Aber wie will er diesen Typen ausfindig machen?

Irgendwann schläft Todd ein und wacht durch seine unruhigen Träume wieder auf. Er schaut auf seine Uhr, die zeigt 5:30 Uhr. Totale Ruhe im Haus. Die Besucher sind längst alle verschwunden und alle anderen scheinen zu schlafen. Er schaltet das kleine Licht in seiner Nische an, zieht sich komplett mit seinem Jagdanzug an und dann schleicht er sich mit vorsichtigen Schritten, orientiert durch die schemenhafte Beleuchtung der kleinen Lampe in den großen Raum hinein in Richtung der Couch, auf der Ben schläft. Dieser schnorchelt in festem Schlaf, da er am Abend zuvor offenbar den einen oder anderen Drink mehr hatte, als an den Abenden zuvor. Aber zum Glück hat er trotzdem das gemacht, was er bisher an jedem Abend vorm Schlafengehen gemacht hat, er hat sein Portemonnaie zusammen mit Papieren und Schlüsselbund auf die Lehne neben seine Klamotten gelegt.

Todd greift vorsichtig nach dem Schlüsselbund und schleicht sich zurück zu seinem Nachtlager, schaltet die Lampe ab und geht dann die Treppe hinauf. Als er den Wohnbereich mit der offenen Küche betritt, braucht er kein Licht anzuschalten, denn die Sterne leuchten durch das Küchenfenster und bieten genug Helligkeit, sich die Stiefel anzuziehen. Vorsichtig öffnet er die Haustür und gleitet hinaus. Er stapft über den Hof zu einer großen Garage, hinter der Ben seinen Truck geparkt hatte. Als er ihn erblickt, muss er feststellen, dass er mit einer dicken Schneeschicht bedeckt ist. Mit den Händen befreit er den Bereich um die Fahrertür vom Schnee, öffnet den Wagen mit der Fernbedienung und ruckelt an der Tür, die an den Türgummis leicht festgefroren ist. Als er sie offen hat, öffnet er die halbe Tür des Extra-Cab-Trucks* und hebt die Rücksitzbank an. Und da liegt das, wonach er gesucht hat: Der Koffer mit der Winchester. Ben hatte das kleinere Gewehr zusätzlich mit auf die Tour genommen, falls sie zwischendurch mal ein wenig zum Üben gehen wollen. Die Patronen der

117

Jagdgewehre passen nicht, dafür kann das Gewehr sechs Patronen aufnehmen und man braucht von Schuss zu Schuss nur jeweils durchzuladen. Er sucht in der Staubox zwischen Fahrer- und Beifahrersitz und findet darin zum Glück eine Packung Munition für das Gewehr.

Er macht alles wieder zu, nimmt eine langstielige Besen- und Eiskratzerkombination aus dem Fußraum und macht sich daran, den Wagen vom Schnee zu befreien.

Trotz eisiger Kälte lässt sich der Motor gut starten und er muss ihn ein wenig laufen lassen, bis das Getriebeöl etwas Temperatur hat, damit er den Automatikhebel bewegen kann. Ohne das Fahrlicht anzuschalten fährt er los, nur geleitet von den daylight-running-lamps*, Auf der Straße angekommen schaltet er die volle Beleuchtung an, damit ist auch das Armaturenbrett beleuchtet. Gut, der Tank ist ¾ voll, -18 Grad zeigt das Thermometer und der digitale Kompass* zeigt NW. Das passt. Er muss versuchen, Andys morgendlicher Strecke ins Jagdgebiet zu folgen und darauf zu hoffen, sein Ziel irgendwie zu finden, denn er hat keine genaue Anschrift von Lindsays Farm.

—

Nach einer Stunde Fahrt befindet er sich auf einer breiten, vom Schnee geräumten Schotterpiste gen Norden. Scheiße, so weit kann das doch nicht gewesen sein, irgendwo ging das doch hier ab. Er hält an und wendet, was kein Problem ist, denn es ist weit und breit kein anderes Auto zu sehen. Er greift hinter seinen Sitz, wo sich sein Rucksack befindet und holt daraus sein Smartphone hervor. Kein WLAN in der Nähe. Dann muss er es halt vom Flugmodus in den Normalmodus zurückstellen. Sofort, ping, ping, ping, poppen Nachrichten auf.

Ben.

Scheiße!

Wo er ist, was das soll, er würde doch helfen usw., usw.

Todd ignoriert die Texte erstmal und schaltet die Maps-Funktion ein. Aha, er ist ein Stückchen zu weit gefahren.

Plötzlich schrickt er auf und lässt das Smartphone zu Boden fallen: Ein dröhnendes Dauerhupen und aufblenden von Scheinwerfern reist ihn aus seiner Konzentration. Die Straße ist doch breit genug, Arschloch!

Und dann donnert auch schon ein riesiger Pick-up Truck mit Zwillingsreifen an der Hinterachse mit einem ebenso riesigen Viehanhänger am Haken an ihm vorbei.

Die fahren hier alle mit cruise-control* und das Motto aus Spaceballs* ‚we brake for nobody' nehmen die Leute allgemein für wörtlich.

Todd schaltet blitzschnell auf ‚R' und gibt Gas,

damit der Steinchen-Flug der gravelled road* ihm
möglichst keinen Schaden an seinem Auto verursacht,
was wohl eher ein sinnloses Unterfangen ist, schneller
rückwärts zu fahren, als die Steinchen fliegen können.
Entsprechend regnet es Steinchen auf seinen Wagen,
aber die Scheibe bleibt heil.

So ein Arschloch!

Er hebt das Smartphone wieder auf und fährt
weiter zurück in südliche Richtung. Jetzt dämmert es
endlich und er kann eine von der Hauptstraße
wegführende Piste erkennen und biegt darin ein. Ja,
hier waren wir gestern, das muss richtig sein!

Nach ein paar Kilometern erreicht er Lindsays
Farm. Der Zugang zum Hof ist mit Flatterband
abtrassiert. Es ist kein Fahrzeug und auch kein
Mensch zu sehen. Er parkt den Truck, nimmt die
Winchester und lädt sie. Zusätzlich steckt er sich noch
eine Handvoll Patronen in die Tasche seiner Jacke.
Mit der Waffe über der Schulter nähert er sich
langsam dem Wohnhaus. Jetzt lugt sogar schon die
Sonne über die Anhöhe, sodass die Stellen, wo
gestern die beiden Leichen lagen anhand der
Blutflecken erkennbar werden.

Er geht die Treppe zur porch hoch an die Haustür.
Die ist geschlossen und mit mehreren Klebesiegeln
der Polizei versehen. Er nimmt ein paar
Gummihandschuhe aus seiner Jacke und zieht sie sich
über, dreht an dem Knauf der Tür, stellt fest, dass sie
nicht abgeschlossen ist, drückt die Tür etwas auf,
während er mit dem Nagel seines Daumens die Siegel
durchtrennt. Hinter einem kurzen Flur steht er, wie in

Charlys Haus in einem großen Raum, der eine Kombination aus Küche, Ess- und Wohnzimmer in Einem ist. Ein seltsames Gefühl beschleicht ihn, mitten im Alltagsleben eines Mannes und seiner Frau zu stehen, die plötzlich und offenbar völlig unerwartet von einem Moment zum nächsten ihr Leben verloren haben. Töpfe stehen auf dem Herd, Geschirr und Gläser auf dem Tisch, eine Zeitung liegt ausgebreitet neben einem Sessel, nein der Fernseher ist aus und auch alle anderen elektrischen Geräte, das haben sicher die Polizisten gemacht. Der große Küchentisch hat unterwärts mehrere Schubladen, die er nacheinander öffnet, findet darin aber nur Küchenutensilien. Sein Blick geht zu weiteren Zimmertüren, die er jeweils kurz öffnet und hineinschaut. Im letzten Zimmer findet er, was er sucht. Es scheint ein Büro zu sein, mit Schreibtisch, PC, Telefon und Aktenschrank. Der ist verschlossen und er sucht in den Schreibtischschubladen nach einem Schlüssel, kann aber keinen finden. Er packt den schlanken Aktenschrank aus Stahl, greift die erste Schublade und reißt sie mit Schwung aus der Verankerung. Hängeregister kommen zum Vorschein. Personalakten. An deren Oberkante befinden sich Namensschilder. Ein paar mit Frauennamen, die schiebt er weiter und die erste Männliche.

Noch ist es zum Lesen zu dunkel, daher schaltet er die Taschenlampe seines Handys an.

Er blättert sie grob durch, hängt sie wieder rein, nimmt die nächste, schaut hinein, auch nichts mit anzufangen. Weitere Akten schaut er durch. Dann fällt ihm auf, dass die Wohnadresse der jeweiligen Personen vorne auf dem Deckblatt steht, alle haben eine Anschrift offenbar aus der näheren Umgebung mit Kennung „AB". Da war doch eine Akte mit einer Anschrift aus Saskatchewan ? Er schaut die letzten Akten nochmal durch und findet die mit der auswärtigen Anschrift. Im hinteren Teil der Akte befindet sich die damalige Bewerbung des Mannes, Lebenslauf und Passfoto* mit Büroklammer daran befestigt. Ist das der Mann? Das Foto ist älter. Nein, er kann seinen Mann nicht eindeutig auf dem Bild wiedererkennen.

Im vorderen Teil der Akte befindet sich ein ganzer Haufen von Gesprächsprotokollen, offenbar so etwas wie Abmahnungen.

Todd nimmt sich das Passfoto und reißt das Personaldeckblatt mit der Adresse des Mannes aus der Akte heraus, hängt sie wieder hinein und drückt die Stahlschublade mit Kraft wieder zu, sodass es aussieht, als sein nichts geschehen.

Als er sieht, dass jetzt die Sonne deutlich hineinzuscheinen beginnt, verlässt er schnell das Gebäude, zieht die Haustür hinter sich zu und geht zügig über den Vorplatz zu seinem Truck. Er legt das Gewehr in den hinteren Fußraum und fährt zurück Richtung Hauptstraße. In diese biegt er ein und findet kurze Zeit später wieder eine kleine abseitige Schotterpiste, in die er einbiegt. Am Rande einer kleinen Wald- und Buschfläche parkt er den Wagen.

Er greift zu seinem Smartphone. Weitere

Nachrichten von Ben. Er soll sich endlich melden! Er atmet tief ein, dann antwortet er. Er muss den Mörder finden, sonst ist er dran. Er macht es alleine, will Ben damit nicht gefährden. Auf das Auto gibt er Acht.

Scheiß auf das Auto, lass den Mist, komm zurück, antwortet Ben sofort.

Todd antwortet darauf nicht noch einmal. Er öffnet die Maps-Funktion und gibt die Adresse des Personaldeckblatts ein. Macklin heißt der Ort, 120 km entfernt von hier. Er schaltet auf Navigation um und befestigt das Smartphone an einer Plastikhalterung die in den Lüftungsschlitzen befestigt ist.

Dann gibt er Gas.

—

Sheriff Wilcox hat innerhalb des Großraumbüros seines Teams ein gläsernes Kabuff, im Sinne eines Einzelbüros*. Wenn er von den anderen nicht gesehen werden möchte, müsste er die Jalousien zuziehen, dann wüssten aber alle sofort, dass was im Busch wäre, daher lässt er sie nie herunter. Aber er hat als Einziger ein Fenster nach draußen. Der Blick hinaus dient ihm manchmal wunderbar zum Nachdenken und dem Entwickeln von neuen Ideen, wie man einen Fall lösen kann.

Der Bericht der Gerichtsmedizin liegt auf seinem Tisch. Jeder der beiden Toten wurde von jeweils einer Kugel getroffen, Kaliber ‚30 out 6', Jagdgewehr. Der Mörder schoss nur wenige Meter entfernt auf seine Opfer. Täter und Opfer standen also vis-a-vis, redeten vielleicht miteinander, das Ehepaar erlebte seine Ermordung quasi in Echtzeit mit, schlimmer, die Frau musste die Erschießung des Mannes erleben und hat ihrerseits versucht mit ihrer Schrotflinte zu schießen, die Kugeln gingen aber alle ins Nichts, jedenfalls wurde der Mörder offenbar nicht getroffen, zumindest nicht ernstlich, denn von ihm fanden sich keine Blutspuren. Dann hat er sie abgeknallt. Drei Männer waren in der Nähe, zwei davon behaupten, den Schützen gesehen zu haben, der angeblich mit seinem Truck geflüchtet ist. Warum hat jemand die beiden Alten umgeblasen?

Seine Gedanken werden unterbrochen, als Brzinski gegen die gläserne Tür klopft und Wilcox macht ein Handzeichen, das signalisiert, er soll reinkommen.

Brzinski hat den neuen Polizeischüler im Schlepptau, Wilcox mag ihn nicht, er ist vorlaut, redet immer mal wieder, wenn er nicht gefragt wird und ist sowie nicht die hellste Kerze auf der Torte. Aber sie mussten ihn nehmen, denn er hat einen Onkel, ein hohes Tier bei der Landespolizei in Edmonton. Wenn er nicht wüsste, dass Brzinski mit den Ergebnissen der Untersuchung der Gewehre käme, würde er sie wohl mit einer Ausrede wieder wegschicken.

„Die Kugeln stammen nicht aus den beiden Gewehren", sagt er und legt zwei Blätter Papier auf seinen Schreibtisch. Wilcox schaut darauf ohne wirklich zu lesen.

Die beiden Reingekommenen stehen still vor ihm und warten gespannt. Dann sieht er auf, faltet die Hände im Nacken und lehnt sich im Stuhl zurück.

„Ich frage mich, wieso wir drei Jäger haben, aber nur zwei Gewehre"

„Vielleicht hatte der Norweger keines".

„Norweger?"

„Na, dieser Deutsche mit dem norwegischen Namen".

„Wir hatten doch diesen", Wilcox schaut auf seinen Notizblock, „Ben", er blättert darin, „den hatten wir doch gefragt, auf was sie jagen, und da hat er doch gesagt, dass der andere, dieser", er blättert wieder, „Andy und er, also Ben, tags für zusammen sechs doles hätten, vier Rehe und zwei whitetail".

Pause. Brzinski hat keine Ahnung von doles, tags und irgendwelchen whitetail, daher sagt er:

„Ja, und?"

„Also der Norweger…"

„Der Deutsche ?"

„Ja Mann, egal, der darf in Kanada garnicht jagen."

„Der hatte doch auch gar kein Gewehr".

Wilcox greift zu Todds Pass, öffnet ihn und entfaltet ein Blatt Papier, das darin doppelt gefaltet hineingelegt war. Er zieht es auseinander und scheint darin zu lesen. Die beiden anderen schauen etwas verwundert ob des seltsamen Formates des Papiers*, das einen offiziellen Eindruck macht, da oben ein Siegel erkennbar ist, dass ganz offenbar von einer hoheitlichen kanadischen Behörde stammt.

„Das kanadische Konsulat in Hamburg bescheinigt hier dem Norweger, dass er sein Jagdgewehr, Modell, Typ soundso, Serialnummer soundso in Kanada einführen darf. Und wie ich das hier so sehe, gehe ich mal davon aus, dass er es auch mitgebracht hat."

„Hamburg ?", fragt der Polizeischüler, „ist das vielleicht ein Scherzbrief ?"

„Das ist offenbar ein Ort in Deutschland."

„Da wo die Hamburger herkommen ?"

„Ich bezweifle, dass die sie da erfunden haben."

Wilcox guckt den Polizeischüler streng an. Dieser versteht mittlerweile den Blick der ihm deutet, die Schnauze zu halten.

„Also wo ist das Gewehr unseres Norwegers ?"

Keiner antwortet. Die beiden Assis warten auf den nächsten klugen Einfall ihres Chefs. Aber der kommt nicht. Statt dessen fragt Wilcox sich quasi selbst:

„Was hätte ein Tourist aus Deutschland für einen

Grund, ein Farmer-Ehepaar aus nächster Nähe abzuknallen ?"

„Das ist doch ein Deutscher!", sagt schon wieder der Polizeischüler.

„Ja, und?"

„Die sind echt brutale Schweine, ballern mit Maschinengewehren umher, hab ich mal auf HBO* gesehen"

„Oh Mann", entweicht es Brzinski.

„Ja, die haben doch diesen irren Führer, der Hitler heißt und der immer so rumbrüllt".

„Mann, halt endlich die Schnauze!", raunzt Brzinski den jungen Mann an.

Wilcox findest die Situation so abstrus, dass er lächeln muss, dann sagt er verständnisvoll säuselnd zu dem Polizeischüler:

„Haben sie eigentlich einen Schulabschluss?

„Ja, ich war in Edmonton auf der High school."

„Haben sie einen Abschluss ?" fragt er fies bohrend nochmal, obwohl er die Antwort aus den Personalunterlagen weiß.

„Nein, ich bin nach zwei Jahren abgegangen."

„Aber da werden sie doch trotzdem sicher ein wenig Unterricht in Geschichte gehabt haben oder haben sie da auch nur HBO geschaut ?"

„Ja, wir haben häufig Filme angesehen."

„Mmh, was hatten sie denn für einen Eindruck, wie alt dieser Hitler in dem Film denn war, den sie gesehen haben?"

„Na, 40, vielleicht 50."

„Und das was sie da gesehen haben, in welcher

Zeit spielte das ?"

„Im zweiten Weltkrieg."

„Aha. Passen sie auf, ich verrate ihnen jetzt was: Der zweite Weltkrieg war 1945 zu Ende."

„Mmh". Der Polizeischüler wirkt kleinlaut und merkt, dass er von Wilcox vorgeführt, und der vielleicht gleich wie eine Bombe vor ihm explodieren wird.

„Also, wenn ich jetzt mal rechne, also ich hatte damals auch Mathe in der Schule", säuselt Wilcox weiter, aber er steigert sich immer mehr, „dann sind seit dem Ende dieses zweiten Weltkrieges bis heute, mmh, 2015 minus 1945 sind", und er macht wieder eine Pause, als denke er nach, „70 Jahre, plus 50, die der Typ damals alt gewesen sein soll, also dann ist der jetzt 120."

Er macht wieder eine Pause, der Polizeischüler guckt betreten zu Boden.

„Also irgendwie ist dieser Hitler ganz schön viel älter als unser hübscher Justin*, finden Sie nicht ?"

Der Polizeischüler schweigt weiter.

„Eine letzte Frage hätte ich noch", sagt Wilcox im Columbo-Stil, „wissen Sie, was dieser Hitler am 20. April 1945, seinem Geburtstag, gemacht hat ?"

Wilcox Mine verzieht sich jetzt richtig ins Groteske, er ist unmittelbar vorm explodieren.

„Gefeiert ?", sagt der Polizeischüler unsicher.

„Nein !!!" brüllt Wilcox und haut mit Faust auf den Schreibtisch, „er hat sich eine Kugel in den Kopf gejagt!!!", obwohl das nicht ganz stimmte, „und wenn sie nicht gleich aus meinem Büro verschwinden, werde ich ihnen eine Kugel in ihren blöden Schädel ballern !!!"

Der Polizeischüler reißt die gläserne Tür auf und beide Männer verschwinden in Windeseile aus dem Büro.

Wilcox beruhigt sich langsam wieder, indem er den Blick aus seinem Fenster gleiten lässt.

Er wird nochmal rausfahren auf diese Wilson-Farm und sich diesen Norweger zur Brust nehmen.

—

Unmittelbar am Ortsrand sieht er schon von Weitem das leuchtend rote Schild eines Tim Hortons*. Er hat regelrecht Kopfschmerzen vor Hunger und biegt ab auf den Parkplatz des Lokals. Da es schon fast mittags ist, ist dieser schon ziemlich gefüllt.

Neben Kaffee und zwei belegten Sandwiches gönnt er sich auch noch ein Stück ziemlich klebrigen Apfelkuchens und findet einen freien kleinen Tisch in einer Ecke, an den er sich mit seinem Tablett hinsetzt.

Mit Heißhunger beißt er in das erste Sandwich und greift gleichzeitig zu seinem Smartphone. Er ruft die Maps-Funktion auf und schaltet auf street view* um. Mit seinem Finger fährt er über den Bildschirm und versucht sich ein Bild von der Wohnstraße zu machen, in der der Mörder wohnt. Das Haus ist ein condo-Komplex*. Trotz mehrfachem Hin- und Herfahrens mit dem Finger kann er die Eingangstür der Wohnung nicht identifizieren Er dreht hin und her, auf der anderen Seite der Straße befinden sich Bahngleise, um die nächste Ecke versucht er um den Block herumzukommen, um zu schauen, ob es einen rückseitigen Zugang gibt. Aber nein, auf der Parallelstraße stehen Einzelhäuser.

Er legt das Gerät zur Seite und merkt, wie er leichte Schmerzen in der Brust bekommt, da er das erste Sandwichs einfach zu schnell in sich reingeschlungen hat. Nachdem die Schmerzen etwas abgeklungen waren, steht er auf, um mit einem Pappbecher Trinkwasser* aus dem Spender zu ziehen. Er muss das Gesicht verziehen, ob des grässlichen Geschmacks, füllt aber nochmal nach und geht zurück zu seinem Platz.

Neue Textnachricht von Ben. Der Sheriff war auf der Farm. Weil Todd nicht da war, hat er ihn zur Fahndung ausgeschrieben. Mann sei vernünftig ! Komm zurück !

Er steckt das Gerät in seine Jackentasche und isst jetzt langsamer sein zweites Sandwich, dabei blinzelt er in die Sonne, die ihn anstrahlt wie im Frühling in Deutschland. Seine Jagdanzug-Jacke und den Fleacepullover muss er öffnen, trotzdem schwitzt er am ganzen Körper. Während er kaut, merkt er aber, dass der Schweißausbruch nicht nur mit der Wärme sondern auch mit der sich steigernden inneren Anspannung zu tun hat, vielleicht gleich dem Mörder zu begegnen, zumal ihm noch nicht recht klar ist, was er machen soll, wenn er ihn wirklich zu fassen bekommt.

Nach dem ersten Bissen von dem Kuchen hat er das Gefühl, die Kieferknochen nicht mehr auseinander zu kriegen, so sehr ist das Zeug offenbar von Zucker durchsetzt. Als er den Bissen herunter hatte, spült er mit Wasser nach, stellt den Teller auf das Tablett und steht auf. Das Tablett bei der Geschirrrückgabe abstellend verlässt er das Lokal und atmet vor der Tür die frische, kalte Luft ein, zieht die Reißverschlüsse wieder zu und steigt in seinen Truck. Er steckt das Handy als Navi in die Halterung und fährt vom Platz.

Nach nur wenigen Minuten erreicht er die vermeintliche Wohnstraße des Mörders, fährt langsam die Straße entlang und entdeckt den Wohnkomplex sofort. Nummer 3162 erkennt er deutlich, aber Wohnung „g" kann er beim Vorbeifahren nicht identifizieren. Er fährt um die Ecke und parkt in der Parallelstraße. Er steigt aus. Kein Mensch zu sehen, Fußgänger* gibt es in der ganzen Straße offenbar keine. Hinter der halben Tür, die er nur ein wenig öffnet, zieht er die Winchester schnell hervor, legt den Riemen über die Schulter und steckt den Lauf seitlich am Bein in die weite Hose seines Jagdanzugs. Dann zieht er schnell die Jacke darüber. Er schließt die Türen und geht den Weg entlang, um die nächste Ecke in die Straße hinein, in der der Wohnkomplex steht. Auf der anderen Seite bimmelt ein Bahnübergang und ein Zug fährt in Schleichfahrt vorbei mit dröhnenden Diesellokomotiven und endlos ratternden Güterwagons*. Er geht langsam, denn er hofft, den Komplex zu erreichen, wenn die massive Geräuschkulisse verklungen ist. Schon auf der Fahrt durch die Straße hat er den neuen Truck des Mörders gesucht und nicht an der Straße parkend erkennen können. Vor der Hausnummer „g" steht kein Auto. Alle Karren, die hier rumstehen sind schon älteren Baujahres und sehen, wie der ganze Wohnkomplex eher etwas heruntergekommen aus.

Er hatte den kurzen Fußweg genutzt, um sich mental auf das Zusammentreffen mit dem Mörder vorzubereiten, seinen Entschluss, ihn irgendwie festzunehmen, ihn mit seinem Gewehr zu bedrohen und notfalls auf ihn zu schießen. Sein Puls schlägt bis zum Anschlag.

Der Zugang zur Wohnungstür führt durch einen kurzen, vom Schnee etwas geräumten Vorgarten, der Zugang zu mehreren Wohnungen ist, dann die kleine Holztreppe aufwärts auf die Veranda. Links auf dem Geländer zur Nachbarwohnung liegt eine Katze in der Sonne.

Verdammt, woher willst du wissen, dass das der richtige Mann ist, das kann doch auch ein ganz anderer sein, du hast den doch nie richtig ins Gesicht geschaut, weißt eigentlich garnicht, wie der aussieht, was wenn das ein ganz anderer ist, den du vielleicht über den Haufen schießt? Scheiße, Mann! Aber er versucht sich zu beruhigen und irgendwie den Unbedarften zu spielen.

Er öffnet die Mosquitotür, die er festhalten muss, damit sie nicht wieder zufällt und sucht nach einer Klingel und einem Namensschild. Es gibt weder das Eine noch das Andere. Dann klopft er gegen die Haustür.

Keine Reaktion, alles ist ruhig. Er versucht durch die kleinen rautenförmigen farbigen Glasscheiben in der Tür nach innen zu blicken. Aber der spärliche Blick in den Flurbereich der Wohnung lässt erahnen, dass der Gesuchte nicht anwesend ist.

Er hört seitlich von sich das quietschende Geräusch einer sich öffnenden Mosquitotür und erblickt eine Frau in einem bademantelähnlichen Hausanzug, die scheinbar ohne ihn zu beachten aus ihrer Wohnung heraustritt und die Katze in den Arm nimmt, die miaut, weil sie offenbar lieber in der Sonne liegenbleiben wollte. Als sei sie überhaupt nicht neugierig, will sie sich gerade wieder umdrehen, um zurück in ihre Wohnung zu gehen, da spricht Todd sie schnell an:

„Ma'm entschuldigen Sie", sie dreht sich schnell wieder um, „ich bin auf der Suche nach Zrbinew, wissen Sie ob er da ist?"

„Wer?"

„Na Ihr Nachbar".

„Meinen Sie Dan?"

„Ja, ja, Dan, den mein ich, wissen sie wo der ist?"

Sie blickt in Richtung Straße, dann zurück zu ihm.

„Seine Luxus-Karre steht nicht vor der Tür, dann ist er wohl nicht da".

„Wissen Sie vielleicht, wo ich ihn finden kann?"

Die Frau wird misstrauisch.

„Wieso wollen sie das wissen?"

„Ich bin ein Arbeitskollege von ihm, von der Farm drüben in Alberta, wir wollten heute gemeinsam einen Mähdrescher reparieren, aber er ist nicht zur Arbeit gekommen, da hab ich mir Sorgen gemacht".

Sie schaut ihn weiterhin skeptisch an.

„Sind sie Jäger?"

„Ja, Ma'm in meiner Freizeit gehe ich manchmal zur Jagd".

„Aber wohl hoffentlich nicht mit Dan, dem ha'm sie nämlich damals nach der Sache in der Wäscherei den Waffenschein auf Lebenszeit abgenommen."

„Nein, nein, wir sind nur Arbeitskollegen."

Pause. Sie macht Anstalten sich wieder umzudrehen.

„Entschuldigen Sie M'am", setzt Todd fast verzweifelt nochmal an, „haben Sie irgendeine Ahnung, wo er ist?"

„Vielleicht macht er ja Urlaub in seiner Angelhütte."

„Angelhütte?"

„Soweit ich weiß hat er eine Hütte drüben in Alberta an einem See, aber jetzt im Winter, bei der Kälte, brrr, da würde ich lieber zuhause bleiben".

„Ich wusste garnicht, dass er angeln geht, ha'm Sie 'ne Ahnung wo dieser See sein soll?"

„Keine Ahnung, aber ich glaub nicht weit von hier", sagt sie bereits im Zurückgehen zu ihrer Wohnungstür".

„Danke, schönen Tag", sagt Todd noch, aber die Tür der Nachbarin war schon wieder zugeklappt.

—

Ben hatte viel länger geschlafen, als sonst, denn in Ermangelung ihrer Jagdgewehre konnten sie heute ohnehin nicht rausfahren. Aber tatsächlich war er schon ein paar Stunden wach, konnte den Kopf kaum heben, denn er merkte, dass Captain Morgan, nicht Jack Daniels, ihm massiv in den Arsch getreten hatte*.

Er hörte oben Geräusche, sprich die Anderen waren offenbar längst wach und oben zu Gange. Er quälte sich ins Bad und versuchte über der Kloschüssel zu kotzen, aber es lief ihm nur Speichel aus dem Mund. Scheiße, das kommt davon, wenn man zuviel Alkohol auf völlig leeren Magen trinkt. Er hält seine Hände ins Waschbecken und versucht durch drehen des linken, kochend heißen Wasserhahnes* Wasser mit dem rechten, eiskalten, Wasser in seinen Händen zu mischen und sich ins Gesicht zu spritzen. Es klappt nur bedingt die Wassertemperatur zu erhalten, die seinen Kopfschmerz etwas lindert, aber er fühlt sich zumindest danach etwas frischer.

Mühsam zieht er sich Hose und Hemd an und tapst nach oben.

„Good morning sunshine", begrüßt ihn Anne, als er am Küchentresen steht und die Augen zukneifen muss, angesichts der Sonne, die grell durch das Fenster scheint.

Ihr war wohl am Vorabend schon klar, dass Ben einen Sundowner zuviel gehabt hatte und winkt ihm mit einer Packung Aspirin zu.

Er macht einen Fingerzeig, sie legt die Packung vor ihm auf den Tisch und füllt am Waschbecken ein

Glas Wasser, was sie ihm ebenfalls hinstellt.

Andy und Charly unterhalten sich auf dem Sofa, doch ihm fiel gleich auf, dass Todd nicht hier oben war, denn sein Bett unten hatte er beim heraufgehen verwaist gesehen.

Er schluckt nacheinander drei Tabletten.

„Wo ist denn Todd?", fragte er allgemein in die Runde.

„Liegt der nicht noch im Bett?", fragt Andy.

„Hier oben war er bisher jedenfalls nicht", meint Anne.

Ben hat Schwierigkeiten mit seinem schmerzenden Kopf irgendwie einen klaren Gedanken zu entwickeln, aber trotzdem kommt ihm gleich ein Verdacht.

Er stapft wieder nach unten und sieht, dass Todds Bett leer ist und seine Klamotten nicht herumliegen. Er geht zu seiner Couch und sieht sofort, dass sein Schlüsselbund mit dem Schlüssel zu seinem Truck fehlt.

Scheiße!

Er stapft wieder hoch, schlüpft in seine Stiefel ohne sie zuzuschnüren und stürzt nur im Hemd bekleidet hinaus in Richtung der großen Garage, hinter der er seinen Truck geparkt hatte.

Scheiße, sagt er erneut platt mit offenem Mund und saugt kalte Luft ein, um seinen Kopfschmerz zu lindern.

„Er ist mit meinem Truck abgehauen", sagt er schwach, fast traurig, als er wieder in der Küche steht und die anderen ihn fragend anschauen.

Er stapft nochmal nach unten, kommt sofort mit seinem Handy wieder hoch und fängt an Texte an Todd zu schreiben, denn er weiß, dass er ihn nicht versuchen muss anzurufen, denn sein Telefon hat er aus der Sorge um horrende Roaminggebühren im Flugmodus.

Keine Antwort auf seine Nachrichten, keine zwei grauen Haken, die ihm signalisieren würden, dass seine Nachricht den Empfänger erreicht hat.

Scheiße!

„Setz Dich", sagt Anne, „iss erstmal was", und sie schiebt ihm ein Peanutbutter-Sandwich auf einem Holzbrett über den Tresen.

„Andy, wir müssen los, ihn suchen"

„Und wo wollen wir anfangen zu suchen?"

„Keine Ahnung, wo kann der nur hin sein?", sinniert er und versucht vorsichtig an dem Sandwich zu knabbern.

„Ich mach mir echt Sorgen", setzt er nach einer Pause wieder an, „in meinem Truck liegt noch meine Winchester".

Alle schauen ihn an, aber niemand sagt ein Wort.

Kurze Zeit später sehen sie den Explorer vor dem Küchenfenster einparken. Der Sheriff steigt aus, offenbar allein gekommen, holt zwei Gewehre aus dem Kofferraum und geht mit ihnen, sie überkopf an den Gurten haltend, zur Haustür.

Er braucht nicht zu klopfen, denn Anne öffnet ihm die Tür. Obwohl wegen der Uniform offensichtlich, wedelt er mit seiner Dienstmarke, sagt:

„Wilcox, homicide squat Red Deer, darf ich

reinkommen?"

Anne tritt zur Seite und winkt ihn kaum erkennbar reinzukommen.

„Good Morning", sagt er, „ich hab ihnen was mitgebracht" und drückt Andy, der aufgestanden und ein paar Schritte auf den Sheriff zugegangen war, beide Gewehre in die Hand. Ben bleibt still auf dem Tresenhocker sitzen.

„Alles in Ordnung mit den Rifles", er blickt sich kurz um, „wo ist denn ihr deutscher Kollege?"

Keiner antwortet und Wilcox weiß natürlich sofort, dass etwas nicht stimmt. Dann sagt Ben:

„Wissen wir nicht, ist abgehauen, hat wohl meinen Truck genommen".

„Bedauerlich", sagt Wilcox, „soll ich das so verstehen, dass er abgehauen ist, weil er der Mörder des Farmerehepaares ist?"

Keiner antwortet.

„Meine Herren, haben sie mir vielleicht noch etwas zu erzählen? Ich dachte, ich konnte sie entlasten, soll ich sie jetzt doch festnehmen müssen?"

Ben antwortet prompt, beschleicht ihn doch sofort die Sorge, Probleme mit seiner Aufenthaltsgenehmigung zu bekommen.

„Nein, Sir, wir haben Ihnen die Wahrheit gesagt, keiner von uns hat was mit der Sache zu tun, auch Todd nicht, wir waren nur zufällig am Tatort."

„Schön, wollen sie mir sagen, dass ihr deutscher Freund aus Angst vor mir einen kleinen Ausflug unternommen hat?"

Wieder antwortet keiner.

„Er sucht den wahren Mörder", sagt Ben dann platt, „weil er glaubt, dass Sie ihn für den Mörder halten."

„Ach, ihr Kumpel macht jetzt auf Räuber und Gendarm und will meinen Job machen, das ist ja eine höchst interessante Geschichte", greift zu seinem Telefon und spricht weiter mit dem Angerufenen:

„Brzinski, setzen sie den Norweger auf die Fahndungsliste, der ist abgehauen".

Der andere spricht.

„Keine Ahnung, wo sie suchen sollen, überwachen sie sein Telefon", und er winkt Ben, ihm Todds Nummer mitzuteilen, denn dessen Telefon liegt noch vor ihm auf dem Tisch. Ben öffnet das Telefonbuch und zeigt Wilcox die Nummer. Dieser gibt sie seinem Assi durch.

Dann legt er auf.

„Woher will ihr Kollege denn wissen wo er den Mörder finden kann und will er ihn dann über den Haufen schießen mit seinem Gewehr, er hat doch sein Gewehr dabei?, fragt er bohrend.

„Nein Sir, das ist ja gerade das Problem". Und er erzählt ihn nun, dass Todd seit der Nacht in der Scheune sein Gewehr vermisst und glaubt, dass der Mörder das Gewehr gestohlen und damit Lindsay und seine Frau erschossen hat.

Wilcox pfeift leise vor sich hin, die Melodie von ‚der Mörder war wieder der Gärtner'.

„Warum haben sie mir das nicht schon vorher erzählt?"

„Ich hab nicht daran gedacht and you didn't ask".

„Gut, junger Mann, ich will gnädig sein, ich biete ihnen hiermit die letzte Chance mir die ganze Geschichte von Anfang bis Ende der Wahrheit nach zu erzählen, wenn danach nochmal so eine abstruse Wendung geschieht, wie mit dem angeblich geklauten Gewehr, kriegen sie ein richtiges Problem mit mir."

Dann fängt Ben an zu erzählen.

Nach einiger Zeit klingelt Wilcox Telefon.

„Shaw* sagt, dass heute Morgen um 6:00 einer eine Verbindung in ihr Netz aufgebaut hat," erzählt Brzinski, „in der Nähe unseres Tatorts, weit und breit der einzige Funkkontakt aber die Nummer kann nicht identifiziert werden, weil ausländisch, die haben nur einen Code und den haben sie nochmal gefunden, bei Tim Hortons in Macklin wurde das selbe phone nochmal festgestellt"

„Macklin, scheiße, das ist drüben in Saskatchewan"

Der andere redet.

„Ja, ruf die Kollegen drüben an, die soll'n sich auf die Socken machen, Moment, ich geb ihnen noch eben die Daten des Wagens an, mit dem er unterwegs ist" und er macht Ben erneut Zeichen, ihm Modell, Farbe und Kennzeichen seines Trucks zu nennen, was er dann dem anderen am Telefon weitergibt.

„Tja, meine Herren, da haben sie sich ja in 'ne richtige Scheiße reingeritten. Hoffen sie man mal, dass das alles noch gut ausgeht".

Damit greift er seinen Hut, nickt in Richtung Anne, verlässt schnurstracks das Haus und braust in seinem Explorer davon.

11

Verpassen

Todd fährt zurück zum Tim Hortons, kauft sich einen Kaffee und setzt sich mit seinem Pappbecher wieder in eine halbwegs ruhige Ecke. Er gibt den vollen Namen des Mannes in Google ein und findet tatsächlich einen Eintrag im Archiv des Calgary Herald*. Eine Schießerei in einer Wäscherei in Drumheller. Dieser Dan hat 2010 in Notwehr einen anderen Mann erschossen. In einem späteren Eintrag steht, dass er mit einer Bewährungsstrafe davongekommen ist. Todd muss sich eingestehen, dass der Mann, den er sucht offenbar Routine darin hat, andere Menschen umzublasen. Er nimmt einen großen Schluck seines mittlerweile kühl gewordenen Kaffees, ruft die Maps-Funktion auf und sucht die

Umgegend ab, ob irgendwo ein See zu erkennen ist. Manitou Lake, ein riesiger See, gibt wohl auch Ferienhäuser dort. Aber hatte die Frau nicht gesagt, der See sei in Alberta? Nach genauerem Hinsehen findet er kurz hinter der Provinzgrenze einen Provincial Park*, namens Dillberry Lake. Dort scheinen auch vereinzelt irgendwelche Gebäude zu stehen und gut erreichbar über den Highway 17 ist es auch. Er kommt zu dem Schluss, dass das der See sein muss, von dem die Nachbarin gesprochen hat.

Als er vom Parkplatz runterfährt, kommen mehrere Polizeiwagen und fahren, aber ohne Polizeisirene, von allen Zugängen gleichzeitig auf das Gelände des Tim Hortons. Er wundert sich, dass so viele Polizisten hier zusammen Mittagspause machen wollen und ohne weiter darüber nachzudenken fährt er los Richtung Highway 17.

———

„Boss, wo sind sie ?"

„Grade über die Provinzgrenze"

„Nach Saskatchewan ?"

„Ich will mir selbst ein Bild machen"

Brzinski sitzt am Schreibtisch und winkt einem Kollegen, der gerade zur Tür hineinkommt.

„Moment mal Chef, Steve ist grad von der Farm zurück, bleiben sie in der Leitung", und er legt seine Hand auf die Sprechmuschel des Telefonhörers.

„Die Siegel an der Tür waren aufgebrochen, jemand war in der Hütte und hat den Stahlschrank mit den Personalakten aufgebrochen", sagt der Kollege.

„Und ?"

„Ich glaube unser Freund hat aus einer Akte ein Blatt rausgerissen. Wie ich in der Akte gelesen habe, wohnt der Typ in Macklin."

„na, Bingo. Name, Adresse ?"

Der Kollege nennt ihm die Angaben und gibt die Informationen an Wilcox weiter.

„Gute Arbeit Männer! und er legt auf.

„Mann, Mann, Mann, wenn der Boss drüben in SK ermittelt und die das spitzkriegen, kriegt er richtig Ärger."

———

Ben sitzt weiterhin am Küchentisch, denn die Kopfschmerzen nehmen nur ganz langsam ab und er muss irgendwie den Kopf gerade halten, damit der Brechreiz nicht wieder die Überhand gewinnt. Er kaut dabei an seinem Sandwich, wie ein Kleinkind, das absolut keinen Hunger hat.

„Andy, wo liegt dieses Macklin?"

„80 Meilen von hier, auf der anderen Seite der Provinzgrenze."

„Du hast doch noch dein CB-Funk-Gerät im Truck, oder ?"

„Ja, wieso ?" Er hat zwar keins, weiß aber was Ben

damit meint.

„Kannst Du damit den Polizeifunk abhören ?"

Andy lächelt verschmitzt. „Ich, ja"

„Was hältst Du von 'nem Kaffee bei Tim Hortons?"

„In Macklin?"

„Komm, lass uns da hin fahren und dann versuchen wir rauszuhören, ob sie hinter Todd her sind"

„Die telefonieren heute auch schon mehr als zu funken". Andy hat absolut keine Lust.

Ben surft am Handy.

„Boah, die ha'm diese Woche wieder ihre leckeren Apfeltaschen on sale", versucht er euphorisch zu sagen, als hätte er Heißhunger darauf, in Wahrheit merkt er wie nur von dem Anblick der Brechreiz in ihm aufsteigt.

Andy leckt sich über die Lippen. „Okay, ein Versuch ist es wert"

Ben ist schneller aufgestanden und angezogen, als Andy dachte und steht fertig an der Tür. Andy zieht sich nur die Jacke über und beide greifen, wie automatisch, zu ihren Gewehren.

Dann brausen sie vom Hof.

———

Irgendwie hat Rose ein komisches Gefühl. Sie dreht die Lautstärke ihres Fernsehers fast ganz herunter und lauscht für einen Moment. Seltsam, normalerweise ist auf der Straße vor der Haustür viel Verkehr, selbst Züge fahren gar nicht. Sie geht ans Fenster des Wohnzimmers und schaut durch die Gardinen nach draußen. Tatsächlich, keine fahrenden Autos, dafür sind aber am Rande ihres Sichtfeldes Polizeiwagen zu sehen und hinter parkenden Autos vor der Tür stehen Polizisten, die ihre Gewehre dort aufgelegt in Richtung ihres Hauses ausgerichtet haben. Was zur Hölle ist da los?

Vorsichtig geht sie zum Küchenfenster und, *damn*, da stehen weitere Polizisten mit auf das Haus ihres Nachbarn ausgerichteten Waffen, etwas verdeckt hinter Büschen und Bäumen.

Ein etwas dicklicher Sheriff steht auf Dans Veranda und klopft mit der Spitze des Laufes seines Revolvers leicht gegen die Haustür. Neben ihm steht diese Polizeichefin von Macklin, die sie aus dem Regionalfernsehen und deren Foto sie aus diesem kostenlosen Wochenblatt kennt. Schnell dreht sie sich zur Seite, denn in dem Moment hat der dicke Sheriff sie gesehen. Aber zu spät, er kommt bereits rüber zieht die quietschende Mosquitotür auf und klopft an ihre Haustür.

Vorsichtig öffnet sie die Tür einen Spalt und lugt heraus: „Ja, bitte"

„Sheriff Wilcox", stellt sich der Mann vor, „I beg your pardon M'am„ wissen Sie wo ich ihren Nachbarn finden kann?"

Der Polizist lächelt freundlich, hatte seinen Revolver längst wieder ins Holster zurückgesteckt.

„Der ist nicht da", sagt sie noch etwas ängstlich, aber schnell gewinnt ihre Neugier die Oberhand, „Sie sind heute schon der zweite, der nach ihm fragt"

„Ach ja ?"

„Ja, so'n Typ in Jägerklamotten war vor ein paar Stunden auch schon da und hat mich ausgequetscht."

Wilcox lächelt weiter, „wie eine Zitrone?"

„Mmh, so ungefähr, der war ganz schön unfreundlich, sprach schlechtes Englisch, stammt auf jeden Fall nicht von hier, ja und der hatte bestimmt ein Gewehr unter seinem dicken Jagdanzug versteckt."

„Hat der Sie bedroht, M'am ?"

„Nein, aber der wollte meinem Dan bestimmt was antun."

„Glauben Sie? Und was haben Sie ihm erzählen müssen?", fragt Wilcox windelweich.

„Ich hab ihn angelogen", sagt sie verschmitzt, „sagte, er sei vielleicht am Dillberry Lake in seiner Angelhütte, dabei glaub ich eher, er ist bei seiner Schwester in Drumheller. Der wird jetzt im Winter bestimmt nicht in der ungeheizten Hütte sein."

Sie verzog das Gesicht, als sie erkannte, dass sie sich soeben verplappert hatte und vielleicht ihren Dan damit verraten hatte. Schweiß brach ihr aus, trotz der Kälte und Panik, wie sie das jetzt wieder geradebiegen könne. Dazu gab es aber keine Gelegenheit, denn Wilcox hatte, was er wollte.

„Danke M'am, a good day", sagt Wilcox mit der

Hand zum Gruß an der Hutkrempe, dreht sich um und die Polizeichefin macht ein Handzeichen in Richtung ihrer Männer, die Waffen wegzustecken und trottet hinter Wilcox hinterher.

„Das ist ja ein schönes Durcheinander: Erst sollen wir einen Norweger suchen, der ist nicht da und jetzt ihren Polen, auch nicht da."

„Der Norweger ist meiner, aber der Pole ist bei Ihnen registriert, das ist also schon Ihrer", antwortet Wilcox etwas vergrätzt.

„Tja, zumindest jetzt gehören beide Gentlemen wieder Ihnen", sagt sie wissend, da Drumheller und der Dillberry Lake in Alberta liegen, „nächstes Mal würde ich es allerdings bevorzugen, wenn sie sich etwas rechtzeitiger bei mir melden und formell um Amtshilfe bitten," sagt sie besonders förmlich und bestimmt, aber in Wahrheit ist sie nicht unglücklich, da jetzt der pünktliche Feierabend gesichert ist.

Wilcox entschuldigt und bedankt sich höflich mit einem Lächeln, dreht sich um in Richtung seines Wagens und grummelt eine eher frauenfeindliche Verwünschung, die zum Glück niemand gehört hat.

Als er im Wagen sitzt, ruft er Brzinski an.

„Was Neues?"

„Ja unser Norweger hat eine Textnachricht verschickt, meldet Shaw, irgendwo in der Wildnis, lassen Sie mich schauen" und er tippt am PC, „da ist ein See, Dillberry Lake heißt der, nicht weit von Ihnen."

„Gut ich fahr da mal hin und hol den Norweger von seinem Angelausflug ab. Rufen sie mal die

Kollegen in Drumheller an, ihr polnischer Freund, dieser Zrbinew, hat da 'ne Schwester und ist vielleicht bei ihr. Versuchen Sie den Kollegen Stevenson zu überreden mit 'ner bewaffneten Einheit da aufzukreuzen und ihn wg. Mordverdachts festzunehmen."

„Ohne Durchsuchungs- und Haftbefehl?"

„Sagen sie ihm, ich bitte darum, dann macht er das für mich, der ist mir noch einen Gefallen schuldig."

„Und unser Staatsanwalt?"

„Brzinski", sagt Wilcox wieder windelweich, „ich hab da was im Urin, und wenn ich was im Urin habe…"

„…dann ist da auch meistens was dran", ergänzt Brzinski.

„Und noch was", sagt Wilcox, „macht Euch zur Sicherheit mal auch auf den Weg zu dem Badesee, aber nicht mit Badehose, sondern mit den Pumpguns. Es könnte sein, dass ihr da noch 'ne praktische Schießübung absolvieren müsstet."

—

Schon von Weitem können Sie einen endlosen Güterzug sehen, der seitlich zu ihrer Fahrtrichtung fährt und ihnen quasi den Weg abschneidet. Die ersten Häuser von Macklin tauchen schon auf und dann blinkt ihnen das rote Licht des Bahnübergangs entgegen.

„Scheiße, auch das noch", sagt Andy und zündet sich eine Zigarette an.

Der Zug wurde bei Überquerung des Übergangs immer langsamer und kam zum Stillstand.

„Scheiße, jetzt versperrt der auch noch die Straße!" regt Andy sich auf.

„Dann muss dein Magen sich noch 'ne Viertelstunde länger gedulden. Vielleicht kannst Du jetzt schon mal das Funkgerät testen."

Andy zieht das Gerät, das wie ein Autoradio aussieht aus der Verankerung im Armaturenbrett und nestelt rückwärtig an den Kabeln herum. Dann schaltet er es ein.

„Das ist ja gar kein Funkgerät", meint Ben überrascht.

„Was dachtest Du denn ? Das ist ein altes Radio, bei dem ich die Polizeifrequenzen* freigeschaltet habe. Das brauch ich eigentlich nur, wenn ich mal irgendwo einen Schluck zuviel* hatte und noch fahren muss."

Er dreht am Schalter und schon nach kurzer Zeit kann er Stimmen einer Unterhaltung hören:

‚Ab nach Hause', sagt eine Frauenstimme, ‘Wilcox der alte Schleimer haut wieder ab, Skandick sieh zu, dass Du für die Spätschicht was zu essen kochst, ich hol jetzt meine Tochter von der Schule und mach Feierabend, Ende'

Sie konnten zwischen zwei Wagons hindurchblicken und sahen eine ganze Batterie von Polizeiwagen, die gerade ihr Blaulicht einschalteten und offenbar am losfahren waren.

„Haben wir die gerade gehört?" fragt Ben.

„Vermute schon, das da drüben sind mit Sicherheit alle Polizeiwagen, die der Ort hat."

Ben greift hektisch zu seinem Handy, denn soeben erklang das pling-Tonsignal, dass er eine Nachricht erhalten hatte. Er liest laut vor:

‚Scheiße, ich hab's verbockt. Du musst mir helfen. Bin am Dillberry Lake'. Und eine zweite Nachricht folgt.

‚Scheiße, bring Dein Gewehr mit!"

Ben ist schweigsam, so geschockt ist er von der Nachricht, bei der man sich alles Mögliche vorstellen kann, was wohl geschehen sein mag.

Andy wischt an seinem Smartphone:"30 Meilen von hier, ein Provincial Park mit See."

„Auf geht's, dreh um!"

„Schöner Kaffeeausflug", meint Andy gefrustet, startet den Motor, wendet und braust davon.

12

Versagen

„Yes."

„Dan, bist Du das?"

„Wer fragt ?"

„Hier ist Rose, Deine Nachbarin"

„Ah, Rose, how is it goin' ?"

"I'm fine, wo bist Du ? Bei deiner Schwester?"

„Yep", antwortet er mit einer kleinen Verzögerung, die Rose aber nicht aufgefallen ist, insofern hat sie auch nicht bemerkt, dass das eine Lüge war.

„Hier war'n ein paar Leute, die nach Dir gefragt haben."

„Ach ja ? Wer ?"

„Na so'n Kumpel von Dir im Jagdanzug, der

mindestens so schlecht Englisch spricht wie Du".

Die kleinen Spitzen gehören bei ihrem gelegentlichen nachbarschaftlichen Smalltalk dazu aber in Wahrheit verbindet beide eine gewisse Herzlichkeit und Rose hatte schon mehrfach Unterstützung von ihm, sei es auch nur, um eine Glühlampe zu wechseln.

„Kenn ich nicht", sagt er, obwohl er ahnt, wer derjenige sein könnte und auch ziemlich überrascht ist, dass der bereits seine Wohnung herausgefunden hatte, „was wollte der ?"

„Keine Ahnung, hat davon gefaselt, du seist nicht zur Arbeit gekommen und er würde sich deswegen Sorgen machen, hab ich ihm aber nicht abgekauft."

Dan weiß nicht was er sagen soll, würde gern mehr über den Typen erfahren, will aber bei Rose keinen Verdacht erregen.

„Was hast Du ihm gesagt ?" fragt er vorsichtig.

„Dass Du draußen an deinem Angelsee bist", sagt sie mit Stolz auf ihre eigene Schläue und muss dazu auflachen, „da hab ich ihn aber schön ins Nirwana geschickt, nicht ?"

„Ja", Pause. Dan beißt sich auf die Lippen, „und wer war der Zweite ?"

„Der zweite, wohl eher nicht, die komplette Polizei von Macklin mit ihren Gewehren und so'n dicker Sheriff mit 'ner Uniform von drüben. Die hab ich auch in die Wildnis geschickt."

„Danke Rose."

„Aber hör mal, ich hab mitbekommen, dass sie von Deiner Schwester in Drumheller wissen", log sie vorsichtig, „die werden sicher mal bei dir verbeischauen."

„Ich dank dir, Rose", sagte Dan noch einmal.

„Also dann, take care, bye."

"Bye"

———

Das Navi zeigte ihm an, dass es jetzt hier irgendwie abgehen muss, aber eine Straße oder Schild war nicht wirklich zu erkennen. Die Schneefräsen, die den Highway freigeräumt hatten, hatten dabei gleichzeitig den Seitenstreifen mit Schnee zugeblasen. Er fährt sehr langsam und erkennt tatsächlich rechts abgehend die Reste einer Autofahrspur im Schnee, schaltet Allrad ein und folgt der Spur. Es ist eigentlich nichts zu erkennen, aber er müsste sich auf einer Straße befinden, die unter dem Highway durch einen Tunnel nach Westen verläuft. Das Navi sagt, es seien noch ein paar Meilen bis zum See, aber schon kurz danach kann er eine weite, ebene, baum- und strauchlose Schneefläche erkennen, die ziemlich sicher der zugefrorene See sein muss. Danach verläuft die Straße weiter durch niedrigen Baum- und Strauchbestand. Die Spur, der er folgt scheint die einzige Fahrzeugspur zu sein, es ist also jemand nur einmalig seit dem letzten Schneefall hier hindurch gefahren. Irgendwie verläuft die Straße vom See etwas weg und er hat den Eindruck, dass eine Anhöhe zwischen sich und dem See liegt. Er beschließt den Wagen vom Straßenrand weg etwas in den Büschen zu parken. Er steigt aus, nimmt seinen Rucksack auf den Rücken, inspiziert seine Winchester: durchgeladen, gesichert, okay und nimmt sie auf den Rücken. Er klettert aufs *bed*, aber es sind keine Schneeschuhe auf der Ladefläche zu finden, springt runter und stapft mühsam durch den Schnee, die Anhöhe hinauf.

Die Sonne hat am frühen Nachmittag richtig Kraft und er muss seine Jacke öffnen, weil er merkt, wie ihm der Schweiß über den Rücken läuft. Oben angekommen stellt er fest, dass sich der Marsch gelohnt hat, denn er kann die herrliche schneebedeckte Landschaft, den See und einige kleine Häuschen nahe des Wassers erkennen. Er greift zum Fernglas und sucht die Landschaft ab. Der Straßenverlauf geht offenbar um den eben erklommenen Hügel herum und endet bei den Häuschen. Also wenn dieser Dan hier eine Hütte hat, muss es eine von denen sein. Alle Häuschen sind tief verschneit und sehen ganz offensichtlich so aus, als sei da schon länger niemand gewesen. Da fällt ihm auf, dass aus einem der Häuschen eine ganz leichte Rauchfahne aus dem Schornstein aufsteigt, und ja, die Fahrzeugspuren enden an genau dieser Hütte und er kann sogar noch schemenhaft ein Auto erkennen, welches hinter dem Haus abgestellt ist, definitiv ein Pick-up Truck.

Er nimmt das Fernglas von den Augen, schiebt die Schutzkappe über die Sichtgläser und steckt es in seinen Rucksack zurück, nimmt seine Sonnenbrille aus der Brusttasche, setzt sie auf und atmet tief durch.

Dann stapft er den Hügel abwärts in Richtung der Hütte.

Unten angekommen nimmt er sein Gewehr, legt den Riemen anders herum um die rechte Schulter und drückt den Sicherungsknopf ein, dessen anderes Ende ihm danach rot entgegenscheint. ‚You see red, you're dead*‘ fällt es ihm dazu wieder ein Er greift schnell um und hält es mit einer Hand am Schloss und den Finger nahe am Abzug.

Langsam geht er auf die Hütte mit dem Rauch aus dem Schornstein zu. Alles ist still, abgesehen von dem knarzen seiner Schritte im Schnee ist nichts zu hören. Der Truck neben dem Haus ist eingeschneit und er wischt mit seiner Hand auf Höhe des linken Hinterrades den Schnee vom body*.

Tatsächlich, ein Einschussloch im Blech. Ben hat ihn also ungefähr da getroffen, wo er meinte es gesehen zu haben, aber eben 30 cm neben dem Reifen. Er grübelt, wie er es anstellen kann, den Typen mit seiner Waffe in Schach zu halten und ihn der Polizei zuzuführen. Dazu muss er ihm aber erstmal unbewaffnet begegnen. Denn wenn der eine Waffe in Händen hat, wohlmöglich sein eigenes Jagdgewehr, dann …, er weiß nicht weiter, wie das jetzt hier werden soll, aber sein Herz schlägt bis zum Anschlag und jenseits aller Angst um das eigene Leben scheint er wie automatisch zu funktionieren, geht zur Haustür, klopft an, geht ein paar Schritte zurück und hält die Waffe schussbereit.

Keine Reaktion. Sein Klopfen war sicher in der

ganzen Hütte zu hören, das kann eigentlich niemand überhören. Er wartet, hört aber nur das leise Pfeifen des Windes, der hier in Seenähe etwas stärker ist als sonst. Er sieht Fußspuren, die um das Haus herum verlaufen, gibt sich einen Ruck und fängt an ihnen zu folgen. Sie führen zum See. Und da kann er es hören, ein klopfen, nein ein hämmern. Jetzt kann er 30 Meter weiter entfernt eine Hütte erkennen, vermutlich ein Bootshaus, aus dem dringen die Geräusche und jetzt weiß er das Geräusch einzuordnen: Da hackt jemand Holz.

Vorsichtigen Schrittes geht er auf das Bootshaus, einen halboffenen Verschlag, zu, zieht dabei sein Gewehr in die Schulter und sieht jetzt, wie ein Mann mit dem Rücken zu ihm auf einem Holzklotz mit einer kleinen Axt Feuerholz spaltet. Als er nur noch ein paar Meter von dem Mann entfernt ist, bleibt er stehen und zielt mit dem Gewehr auf ihn. Der Mann dreht sich um, die Axt in der rechten Hand und scheint ihn längst erwartet und gehört zu haben.

Für einen Moment ist er etwas verwirrt, zumal er seit Bundeswehrzeiten, abgesehen von Kleinkalibergewehren mit keinem Gewehr mit Kimme und Korn mehr geschossen hatte. Und er merkt richtig, wie der andere ihn völlig aus dem Konzept gebracht hat, zumal der jetzt ganz entspannt sagt:

„Schieß doch"

Ben versucht ihn im Brustbereich anzuvisieren und schwankt dabei mit seiner Waffe hin und her.

„Willst Du jetzt noch einen dritten Menschen

töten?"

Was redet der für'n Scheiß ?!

Jetzt völlig den Faden verloren, senkt er seine Waffe, kann aber doch relativ schnell seine Fassung wiederfinden.

„Ich ? Sie haben Lindsay und seine Frau erschossen!"

Der andere lächelt müde.

„Und wie willst du das beweisen? Auf deinem Gewehr werden sie nur deine Fingerabdrücke finden", dabei lässt er seine freie behandschuhte Hand etwas in der Luft wackeln, „und die Kugeln werden sie sicher auch mit deiner Knarre zusammenbringen. Also halten wir mal fest, du hast zwei Menschen auf dem Gewissen und schickst dich gerade an, noch einen zu töten."

Todd merkt, wie seine Knie total weich werden und Panik wie eine Tsunamiwelle über seinen Kopf und Körper hinwegrollt. Dann drückt er ab, aber doch eher aus Versehen.

Die Kugel schlägt irgendwo im Gebälk ein. Der andere bleibt seelenruhig stehen, hat sich nicht erschrocken, schlägt mit leichter Hand die Axt in den Holzklotz, nimmt ein paar Holzscheite unter den Arm, geht auf Todd zu und einfach an ihm vorbei in Richtung der Angelhütte.

Todd packt die rasende Wut. Er greift den Repetierhebel der Winchester und reißt ihn auf, um eine weitere Patrone nachzuladen. Aber bereits auf halber Distanz des Ausrücklagers drückt er den Hebel zurück, sodass sich die Patrone verklemmt und nicht richtig in den Verschluss hineingleitet. Das Gewehr ist verhakt.

Scheiße!

Der andere entfernt sich immer weiter und Todd merkt, wie Panik und Wut ihm Tränen in die Augen treibt.

Er geht unter den Bootsverschlag und legt das Gewehr auf eine kleine Werkbank. Dann drückt er erstmal den Sicherungsknopf wieder hinein, öffnet den Repetierhebel und die Patrone springt heraus auf den Boden. Er kann den Hebel erneut durchziehen und damit die Waffe mit der nächsten Patrone wieder scharfmachen. Er legt sie wieder auf die Bank, atmet tief durch, greift zu seinem Smartphone und schreibt Ben einen Text. Er hofft innig, dass er und Andy bereits auf der Suche nach ihm sind, aber sie werden wohl Stunden brauchen, um hierher zu kommen. Er muss den Typen bis dahin so lange in Schach halten und was mach ich, wenn es zwischenzeitig dunkel wird?

Er marschiert los auf dem Zufahrtsweg mehrere hundert Meter um diesen Hügel herum zurück zu seinem Truck. Kurz bevor er ihn erreicht, poppt eine Nachricht von Ben auf: ‚Sind in 30 Minuten da'.

Ein tonnenschwerer Stein fällt ihm vom Herzen und er schreit laut auf vor Freude. Er startet den Wagen und setzt ihn einige Meter zurück Richtung Straße, dass sie ihn sehen können, wenn sie auf seiner Höhe sind, dann macht er sich erneut auf den Weg, den Hügel hinauf, weil er den Mörder von oben beobachten und in Schach halten will.

Als er oben in der gleißenden Sonne auf die Seeseite zur Angelhütte blickt, sieht er für einen kurzen Moment einen Spiegelreflex vor dem Haus aufblinken aber unmittelbar danach verliert er das Bewusstsein.

—

„Nicht so schnell Mann !", brüllt Ben und wischt auf seinem Smartphone, „Du bist schon zu weit gefahren, wir haben die Ausfahrt schon verpasst."

„Da war keine Ausfahrt"

„Doch ganz klar, wir sind zu weit ! Scheiße ! Da drüben ist schon der See", und er zeigt nach Westen wo die große verschneite ebene, bewuchsfreie Fläche zu erkennen ist, die mit Sicherheit der See sein wird, „los dreh wieder um!"

Andy reißt das Lenkrad links herum und kreuzt über den breiten aber tief verschneiten Mittelstreifen des Highways*, was kein Problem ist, denn es ist weit und breit kein anderes Fahrzeug zu sehen. Aber statt in die Gegenspur einzubiegen, die sie wieder zurückbringen würde, fährt er einfach durch den Schneewall hindurch in die Landschaft abseits der Straße hinein. Er hat dabei so viel Schwung, dass der Truck mächtig in Bodenlöcher und andere Unebenheiten hineinknallt und die Schläge, die das verursacht, lässt Andy und Ben in den Sitzen auf und ab hopsen.

„Mann, wo willst Du hin !?", ruft Ben und muss sich massiv am *gunrack* und dem seitlichen Haltegriff festhalten. Er ist ziemlich genervt über Andys wilde Geländefahrt aber er reißt sich jetzt zusammen, um Andy nicht zu verärgern.

Der bullige Truck bohrt sich regelrecht durch die tiefverschneite Landschaft in Richtung der Wasserkante des Sees. Als sie diese erreichen, hält Andy an und schiebt den Automatikhebel auf P.

„So, und wo sollen wir unseren Rookie hier jetzt finden?", fragt er und schaltet den Motor aus.

Ben verzieht das Gesicht angesichts Andys mangelnder Hochachtung vor seinem Freund.

„Ja, keine Ahnung, hat er nicht genauer geschrieben", und während er das sagt, schreibt er Todd einen Text, ‚sind da, wo bist du genau ?'.

Er sieht den einen grauen Haken hinter seiner Nachricht und unmittelbar danach den zweiten. Die Nachricht hat Todd also erreicht. Beide Männer sitzen, blinzeln in die sich im Schnee auf dem See stark blendende Sonne und Ben starrt auf sein Gerät, darauf wartend, dass Todd antwortet. Aber es kommt nichts.

Er steckt das Handy in die Tasche, greift nach seinem Fernglas und steigt aus. Er atmet tief durch, setzt die Sonnenbrille ab, steckt einen der Brillenbügel in den Mund und setzt das Fernglas an seinen Augen an.

Weit und breit nur Weiß. Auf ihrer Seeseite scheint es nur Wildnis zu geben, drüben auf der anderen Seite kann er jetzt einige kleine Häuschen erkennen. Vor einem der Häuschen steht ein Truck. Es ist nicht seiner, aber daneben steht deutlich erkennbar ein Mann und der hat ein Gewehr in der Hand, das er in Schussposition bringt. Verdammt, was will der schießen? Er folgt mit dem Fernglas der ungefähren Zielrichtung des Mannes einen hinter dem Haus ansteigenden Hügel hinauf.

Auf dem Hügel steht deutlich erkennbar ein anderer Mann. Eine fast panische Vorahnung erfasst ihn und mit zittrigen Händen dreht er an den kleinen Rädchen der Linsen seines Fernglases um sie schärfer einzustellen.

Todd !!!

Er reißt panisch den Mund auf und seine Sonnenbrille fällt in den tiefen Schnee, was er aber fast garnicht registriert, denn er brüllt:

„Andy, der Typ hat gerade Todd abgeballert!", dreht sich um und springt in den Wagen. Andy startet den Motor.

„Los, wir müssen sofort da hin!", brüllt Ben, greift sein Gewehr und lädt es durch. Er kann es gerade noch rechtzeitig ins Rack zurücklegen, da gibt Andy Vollgas und fährt unmittelbar auf den See zu.

Ben schreit laut: „Andy!!!"

Aber da ist der riesige tonnenschwere Wagen schon mit einem Satz auf die Eisdecke des Sees gesprungen, die scheinbar von dem plötzlichen massiven Druck zu erzittern scheint und ein gefühlt grollendes Knarzgeräusch von sich gibt. Aber der Wagen fährt auf der offenbar ausreichend starken Eisdecke und stobt durch die nur niedrige

Schneeschicht. Ben krallt sich irgendwo fest, zittert und Schweiß bricht ihm aus und der läuft gefühlt in Strömen an seinem Körper hinab. Und da ist die Phobie wieder, die er dachte seit mindestens 20 Jahren ganz tief in seiner Seele vergraben zu haben, als er nämlich damals als junger Mann meinte, in Hamburg auf der zugefrorenen Außenalster mitten in der Nacht unter den Lichtern der Großstadt Schlittschuhlaufen zu müssen, er einbrach und von der Feuerwehr gerettet wurde.

Die Fahrt ist sanft wie auf Wolken. Sie erreichen den Rand des Sees und Andy fährt durch das Schilf auf Land, in Richtung des Hauses, wo der Truck steht.

Ben hat seine Fassung wiedererlangt und sagt:

„Halt an!"

Ungefähr 50 Meter vor dem Haus stoppt Andy. Sie greifen ihre Gewehre, steigen aus und stellen sich hinter die Seitenwand ihres Trucks. Ben schaut durch sein Fernglas, was Andy ihm gleichtut.

Kein Mensch zu sehen.

„Lass uns vorsichtig zu dem Haus mit dem Truck vorgehen", flüstert Ben Andy zu.

Sie pirschen sich mit ihren durchgeladenen Gewehren im Anschlag an das Haus heran. Es ist alles still. Aber es ist möglich, dass der Schütze in dem Haus steckt und vielleicht hat er sie längst bemerkt, wie sie mit ihrem Truck über das Eis des Sees angefahren kamen.

Durch Ihre Zielfernrohre suchen sie die Gegend ab.

„Woher wusstest Du, dass wir mit der Karre nicht

im Eis einbrechen?" fragt Ben leise, ohne dabei sein Auge vom Zielfernrohr abzusetzen.

Andy beobachtet weiter die Szenerie. Ben stubst ihn an seinen Arm.

„Was?"

„Du hast mich doch verstanden."

„Ach ich war schon früher mit meinem Dad Eisangeln im Winter, da sind wir immer mit dem Truck aufs Eis rauf."

Ben schüttelt den Kopf, dann geht er los und pirscht sich an den verschneiten Truck, der neben dem Haus steht heran. Jegliche Vorsicht oder Angst lässt er sausen in der Anspannung, an die Seite des Wagens zu treten und sein Einschussloch zu entdecken um Gewissheit zu haben.

Trotz allem lächelt er leicht, als Andy neben ihm steht und er einen Finger in das Loch in der Seitenwand des Wagens steckt. Aber sofort stehen sie wieder unter Hochspannung, mit ihren Gewehren im Anschlag. Ben richtet seinen Blick den Hang hinauf, den er am liebsten sofort hochlaufen würde, um nach seinem Freund zu schauen. Und da sieht er tatsächlich den Schützen, den Mörder von Lindsay und seiner Frau, wie er oben auf dem Hügel offenbar den Körper von Todd mit seinen Händen mit Schnee zuschaufelt.

Eine unbändige Wut über den Schützen gepaart mit dem Einsetzen des Jagdinstinkts lässt ihn eiskalt den Mann in sein Fadenkreuz rücken, sein rechtes Bein und seine Schulter zieht er zurück.

Dann drückt er ab.

Der Körper des Mannes richtet sich auf, dreht sich zur Seite und stürzt in den Schnee.

Gespannt stehen beide Männer und blicken durch ihre Zielfernrohre.

„Blattschuss", sagt Andi, als hätte Ben soeben zielsicher ein Reh erlegt, dann schauen sich beide Männer an. Die Panik kann bei Ben garnicht wieder die Oberhand gewinnen, denn er und auch Andy werfen ihre Waffen auf den Rücken und laufen den Hang hinauf.

Und da liegt tatsächlich Todd, nur sein Kopf ist nicht von Schnee bedeckt und beide graben in Windeseile den Körper wieder frei. Ben tätschelt Todd an den Wangen und ruft seinen Namen. Doch aus dessen Mund entweichen nur Gluckergeräusche. Andy legt sein Ohr auf Todds Brust, „he's still alive!." Aber sie sehen die große blutige Verletzung im Bauchbereich. Andy reißt sich seine Jacke auf und mit Gewalt ein unter dem Hemd befindliches Funktionsshirt vom Körper. Er dreht daraus eine lange Stoff-Schlange, während Ben den Reißverschluss von Todds Anzug-Jacke öffnet. Er hat normalerweise überhaupt kein Problem mit offenen blutenden Wunden - bei Tieren. Aber diese Verletzung bei seinem Freund kann er kaum ertragen. Zum Glück ist Andy weniger zimperlich. Er zieht die Stoffschlange unter Todds Körper hindurch und drückt Teile von Todds Hemd als Knäuel in den Wundbereich, den er dann mit der Stoff-Schlange fest verknotet.

„Los, wir müssen ihn hier herausschaffen, sonst

erfriert er", gibt Andy die Anweisung. Sie versuchen ihn aufzuheben und Todds Körper einigermaßen waagerecht den Hang hinunter zu tragen. Ben der ihn an den Beinen trägt ist einigermaßen verzweifelt angesichts des tropfenden Blutes, das sich in einer Spur hinter ihnen herzieht.

Unten angekommen erstarren sie, denn in dem Augenblick kommt ein Explorer der Polizei vorgefahren. Sheriff Wilcox spring aus dem Wagen:

„Was zur Hölle ist hier los?", ruft er.

„Ein Schwerverletzter, rufen Sie schnell einen Krankenwagen", ruft Andy zurück, „ja und Ihr Mörder des Farmerehepaares liegt da oben im Schnee."

Der sonst so souveräne Sheriff schaut ziemlich verdattert. Ben und Andy geben nicht weiter Acht auf ihn, reißen die Tür der Anglerhütte auf und heben Todds Körper in den warmen Raum hinein. In dessen Mitte befindet sich ein größer Tisch, auf den sie ihn ablegen und gleichzeitig Geschirr und anderes Zeugs mit den Armen krachend zu Boden wischen. Wie ein Einbrecher reißt Andy sofort sämtliche Schränke auf und durchwühlt alles auf der Suche nach irgendetwas, das als Wundverband taugen könnte.

„Hey", ruft Ben, als er entdeckt, dass an einer Wand tatsächlich ein Verbandskasten hängt, Andy in seiner Wühlwut unterbricht und Ben ihn abnimmt, öffnet und auf den Tisch legt.

„That's good", brummt Andy, greift zielsicher nach Binden, Kompressen und einer Schere, mit der er das Hemd von Todd im Bereich der blutenden

Bauchwunde aufschneidet. Ben kann den Anblick nicht ertragen. Andy hebt den Körper an der Stelle etwas an, zieht seinen provisorischen Verband darunter heraus, fingert mit blutverschmierten Händen an der Stelle herum, „die Kugel ist durchgegangen, das ist gut."

Mittlerweile ist auch der Sheriff reingekommen und steht mit einer gewissen Faszination, gebannt schauend, der Notfallversorgung der beiden Männern zu.

„Zack, zack, mach die Kompressenpakete auf!

„Welche?"

„Ja alle Mann!"

Ben reißt die Tüten auf. Andy greift sie, rollt jeweils mehrere zusammen und drückt sie auf der Vorder- und Rückseite in Todds Wunden.

„Halt fest!", kommandiert er Ben und aufblickend weiter: „Sheriff, können Sie mal Feuerholz nachlegen, wir brauchen dringend ein bisschen mehr Wärme."

Der Sheriff erwacht aus seiner kurzen Starre und schiebt einige Holzscheite in den gusseisernen Ofen.

Andy reißt mehrere Mullbindenpakete auf und legt einen Druckverband rund um Todds Bauchbereich an. Mit Klebeband befestigt er das Ende der Binde.

„Hol mal die Decken da drüben auf dem Bett"

Ben greift ein paar Wolldecken und sie packen gemeinsam Todds Körper darin ein.

„So jetzt können wir nur noch hoffen, dass der Krankenwagen rechtzeitig kommt."

Ben legt mit dankbarem Blick kurz seinen Arm um Andys Schulter. Dann gehen sie zu dem Spülstein und waschen sich die blutigen Hände.

Der Sheriff hatte bereits draußen einen Krankenwagen und Polizeiunterstützung angefordert und delegierte jetzt offenbar telefonisch den Krankenwagen zum Zielort. Kurze Zeit später waren Krankenwagen, weitere Polizei und auch der Assi des Sheriffs da. In der langsam einsetzenden Dämmerung gab es ein blau-rotes Lichtkonzert.

„Was gibt's hier denn umsonst?", staunt Andy, als sie die Tür der Hütte öffnen und Ben den Sanitätern des Krankenwagens entgegenläuft, um ihnen Informationen zu Todds Verletzung zu geben und sie in die Hütte zu führen. Sie beschließen ihn sofort in den Krankenwagen zu tragen, um eine Reanimation durchzuführen.

Andy und Ben stehen erwartungsvoll draußen vor dem Krankenwagen und fangen angesichts des Temperaturunterschiedes, eben noch in der warmen Hütte, jetzt in der untergehenden Sonne und zunehmenden Kälte an zu zittern. Ben zittert allerdings eher vor Anspannung, ob die Sanitäter Todd retten können, denn das erscheint ihm alles andere als gewiss.

13

Zurückkehren

Penetrante Piepsgeräusche ließen Todd plötzlich erwachen und die Augen aufreißen. Grelles Licht scheint ihm ins Gesicht und er registriert, dass irgendwelche Leute um ihn herum reden und hantieren, offenbar um ihn zum Leben zurück zu erwecken. Er spürt ein Tätscheln auf seiner Wange, sieht ein lächelndes Gesicht, ‚he's back, I got him, I got him', sagt der Mann. Sein Verstand war tatsächlich wieder wach und er erkannte, dass er überlebt hatte und offenbar in einem Krankenwagen lag.

Ben umarmt Andy vor Freude.

Sheriff Wilcox stand auch vor dem offenen Krankenwagen und war konsterniert:

„Orson Wells", sagt er, „Der Dritte Mann".

„Häh?", sagt Brzinski und macht dazu ein dummes Gesicht..

„Das hab ich auch noch nicht so oft erlebt, dass unser Mörder nicht der Mörder, sondern das Opfer ist."

„Was?"

„Mann, seh zu, dass du nochmal da raufstapfst und die Jungs überprüfst, dass sie die Kugeln den richtigen Körpern zuordnen!", blaffte Wilcox seinen Assi an.

Der verzog sein Gesicht angesichts seiner bereits durchnässten Schuhe und macht auf den Weg. Oben wühlen zwei Kollegen von der Spurensicherung mit Schaufeln und einem Metalldetektor im Schnee.

„Die Kugel von dem Schwerverletzten haben wir gefunden", meint der Eine und reicht Brzinski eine kleine Plastiktüte.

„Prima, die sieht ja noch gut aus, die muss ja sauber durchgegangen sein."

„Die andere finden wir nicht, die hat nochmal 'nen Haken geschlagen", wobei er, um es Brzinski plausibel zu machen, mit dem Finger in der großen Austrittswunde im Rücken der Leiche bohrt, „die Wirbelsäule stand etwas im Weg." Brzinski verzieht etwas das Gesicht angesichts des zerfetzten Fleisches und den Knochensplittern.

„Okay Leute, es reicht für heute, wird langsam zu dunkel, diese Kugel" und er wedelt mit der Tüte", ist die wichtigere."

Zwei andere Polizisten, die die Leiche des Mörders, in einen Leichensack verpacken, tragen ihn nun den Hang hinunter und laden ihn in einen

Transportsarg des Leichenbestatters, der zwischenzeitig auch vor Ort war.

Ein Hubschrauber landet und der Notarzt und die Sanitäter heben Todd auf einer Trage aus dem Krankenwagen heraus. Ben tätschelt kurz Todds Arm und blickte ihm zuversichtlich in die trüben Augen. Sie laden ihn in den Hubschrauber, der sein Triebwerk garnicht erst abgestellt hatte und sofort wieder abhebt.

„So, meine Herren, was fangen wir denn mit ihnen beiden Hübschen nun an?", fragt Wilcox Ben und Andy, nachdem nahezu alle Fahrzeuge von der Bildfläche verschwunden waren. Die Männer stehen ein wenig wie Schuljungen vor Wilcox.

„Wer von Ihnen hat denn den Mann erschossen?"

„Ich, Sir", sagt Ben mit gesenktem Kopf.

„In Notwehr?"

„Notwehr?"

„Ja, der Mann hat ihren Freund angeschossen und ihn weiterhin unmittelbar mit dem Tode bedroht, da mussten Sie ihn durch einen gezielten Schuss töten, ist das richtig?"

Ben schaut dem Sheriff gebannt in die Augen, die nicht irgendeinen Anlass zum Zweifel an der Richtigkeit seiner Aussage wiedergeben, kein Zwinkern, nur sein fester, klarer, strenger Blick.

„Ja, Sir, ja, ja."

„Gut, also ich mach ihnen mal 'nen Vorschlag: Sie fahren jetzt auf ihre Farm und morgen früh nehmen wir dann mal die Erlebnisse des heutigen Tages zu Protokoll."

„Ja, Sir", sagt Ben sofort, erfreut von Wilcox entlassen zu sein und endlich nach Hause zurückfahren zu können.

Er hatte sich bereits zuvor die Klamotten von Todd zusammengepackt, bis auf die Winchester und Todds Jagdgewehr, die hat Wilcox in seinem Kofferraum, und in Todds Jacke hatte er auch den Wagenschlüssel seines Trucks gefunden. Jetzt musste er nur noch den Truck selbst finden, aber er vermutete schon, dass der irgendwo auf der anderen Seite des Hügels stehen würde.

Andy und Ben fuhren los, fanden den unversehrten Truck, worüber Ben jetzt sich fast genauso freute, wie die Tatsache, dass sie seinem Kumpel das Leben gerettet hatten.

—

„Was ist mit der Kugel, die mich getroffen hat?", fragt Todd mit sichtlicher Spannung, im Wissen, dass nur die Zuordnung dieser Kugel zu seinem Gewehr ihn rehabilitieren kann.

„Haben wir geprüft, stammt aus ihrer Rifle", antwortet Wilcox nicht mehr so ganz mürrisch wie sonst, sondern sogar mit einer gewissen Verlegenheit.

Er atmet tief durch und merkt dabei einen ziehenden Schmerz in seiner Bauchgegend, was ihm aber angesichts dieser Nachricht nichts ausmacht, dabei wendet er seinen Blick von Wilcox weg durch das Zimmerfenster des Krankenhauses und starrt auf den starken Schneefall.

„Hör'n Sie zu, Sir", setzt Wilcox an.

„Vergessen Sie's"; fällt er ihm ins Wort, was sich Wilcox normalerweise niemals gefallen lassen würde, jetzt ist er aber betont demütig und schweigsam.

„Es ist schon okay", sagt er jetzt sanfter, „Sie mussten der Sache so nachgehen, wie Sie's gemacht haben, war ja auch mein Fehler, ich hätte ja aufpassen können".

Nach einer Minute des Schweigens sagt Wilcox: „Have a good trip, Sir", während er ihm seinen Reisepass auf das Nachtschränkchen legt und Richtung Zimmertür geht.

"Thank you, Sir", antwortet er ohne ihn anzusehen, weiter auf den Schnee starrend.

Dann klackt die Tür ins Schloss.

—

„Halten wir noch bei Andy ? Der butchert* nämlich die Rehe heute", fragt Ben auf Deutsch.

"Ja, klar, gerne, dann kann ich mich noch von ihm verabschieden."

Ben hatte schon den ganzen Vormittag mit Andy die Rehe in dessen Garage zerlegt und war dann nach Red Deer rausgefahren, um Todd aus dem Krankenhaus abzuholen. Über eine Woche hatte er dort gelegen und sich heute selbst entlassen. Der Arzt war nicht so begeistert, aber angesichts, dass Todd Tourist ist und nach Hause fliegen will, nahm er es hin.

‚Sie werden ihr restliches Leben jetzt mit einer Niere verbringen müssen, aber Sie haben in Deutschland ja die beste Gesundheitsversorgung der Welt', meinte er.

‚Wie kommen Sie darauf?'

‚Na, das hab ich in einem Fachblatt kürzlich gelesen.'

‚Wir haben den Vorteil, dass wir beim Arztbesuch immer unsere Krankenversicherungskarte* an Stelle der Kreditkarte vorlegen können, das ist schon ganz nett, aber Sie müssen nicht denken, dass es wirklich so viel besser ist, Sie haben wirklich eine ausgezeichnete Arbeit gemacht, herzlichen Dank Herr Doktor!'

Todd blickt aus dem Truck in die offene Landschaft während Ben den Wagen durch den doch schon ganz ordentlichen Verkehr auf dem Highway 2 Richtung Calgary lenkt. Irgendwann sind auch startende Flugzeuge zu sehen, die offenbar vom

Calgary International abheben und er träumt sich ein wenig hinein in die Vorfreude morgen selbst darin zu sitzen und nach Hause zu fliegen.

Ben biegt auf das Grundstück von Andy ein und fährt durch vor eine etwas abseits befindliche 3-fach-Garage, deren großes Tor offensteht. Sie steigen aus und Andy ruft laut und erfreut:

„Hey, man!" und kommt in kurzen Hosen und T-Shirt bei zumindest gefühlten Minusgraden auf Todd zu, begrüßt ihn mit einem Ellenbogenstupser, denn er hat Handschuhe aus Metallgeflecht an.

Auf einem riesigen, edelstahlbeschlagenen Tisch, auf dem Andy vermutlich sonst Motoren zerlegt, liegt jetzt ein Rehkörper, dessen Fleisch er gerade fachmännisch von Fell und Knochen befreit, es in grillfertige Scheiben und andere Stücke in Sonntagsbratengröße zerschneidet. Auf einer Plastikwanne schiebt er das Fleisch zu seinem Sohn rüber, der am anderen Ende des Tisches an einer Vakuumierungsmaschine alles portionsweise einschweißt, gemäß Kommandos von Andy mit einem alten PC Klebeetiketten mit Infos zur Art des jeweiligen Stückes ausdruckt und aufklebt und dann alles sortiert in Plastikboxen hineinlegt.

Todd ist erstaunt, wie professionell das alles abläuft.

Aber Andy ist fast fertig. Ab und zu lässt er jetzt mal den einen oder anderen Knochen zu Boden fallen, auf den die um den Tisch herumlaufenden Hunde schon die ganze Zeit warten.

Dann wäscht er sich die Hände, greift in einen

Kühlschrank um einige Dosen Bier herauszuholen und die Männer flezen sich in eine alte Polstergarnitur, die in einer Ecke der Garage steht, prosten sich zu und schwelgen in Erinnerungen ihrer Jagdwoche.

„So, you didn't expect hunting in Canada like this, do you?"

"Nein Andy, ganz so hab ich es nicht erwartet", meint Todd mit einem Schmunzeln.

Die anderen müssen lachen und auch Todd kann sich eines Lachens nichts erwehren.

———

Mit einer für sie ungewöhnlichen Anspannung steht Melissa mit einer großen Menschenmenge hinter der Ausgangstür des Zollbereichs am Hamburger Flughafen. Todds Flieger aus London ist schon vor einer halben Stunde gelandet, jetzt müsste er ja endlich mal herauskommen.

Todd hat ihr in einem Telefonat zuvor mitteilen müssen, dass er acht Tage später als geplant nach Hause kommt und ihr auch irgendwas von einem Unfall und Krankenhaus erzählt, es sei aber alles in Ordnung, ihm ginge es bestens.

Sie fragte auch nicht weiter und er weiß, sie wird auch zukünftig nicht fragen. Sie sind schon so lange verheiratet, dass sie sich auch ohne viele Worte verstehen und vor allem vertrauen.

Sie freut sich wie ein verliebter Teenager, als er endlich mit seinem Kofferkuli durch die Absperrung kommt, nimmt ihn minutenlang in den Arm, küsst und drückt ihn.

Als sie im Auto sitzen, auf dem Weg nach Hause durch den hektischen Hamburger Stadtverkehr, auf den sie sich eigentlich nur unterbewusst konzentrieren muss, kann sie nicht mehr an sich halten und fragt ihn:

„Und, hast Du gefunden, wonach Du gesucht hast?"

Todd ist doch etwas überrascht, dass seine Frau ihm gerade diese Frage stellt, die ihn selbst mindestens seit Wochen umtreibt, dann räuspert er sich und sagt mit fester Stimme:

„Ja"

„Und?"

„Ich hab herausgefunden, dass es in meinem Leben nichts wichtigeres gibt als Dich."

GLOSSAR *

Anmerkung: Bitte beachten Sie, dass die tw. kanadaspezifischen Darstellungen sich auf West-Kanada beziehen und insofern im zweitgrößten Land der Welt unter Umständen nicht für alle Regionen gleichermaßen gelten.

2H / 4H / 4L – Allradantrieb

die modernen Trucks haben einen Knopf am Armaturenbrett, mit dem man sogar während der Fahrt zwischen Hinterradantrieb (2H), normalem Allradantrieb (4H) und untersetztem Allradantrieb (4L) für schweres Gelände wählen kann

Alberta / Saskatchewan

Provinzen im Sinne der Bundesländer in Deutschland oder besser der Bundesstaaten in USA, mit Regionalregierung und umfangreicher dezentralen Verwaltung; das Jagdgebiet befindet sich im Grenzgebiet beider Provinzen

American Idol

Gesangswettbewerb der in Deutschland als ,Deutschland sucht den Superstar' bekannt wurde

Bahnverkehr in Kanada

besteht fast nur aus Güterverkehr, da die Menschen nur Autofahren oder Fliegen. Die Züge sind gewaltig lang, vorne häufig von zwei Lokomotiven angezogen, gibt es oft in der Mitte und/oder am Ende des Zuges eine weitere Lokomotive. Die Strecken sind nicht elektrifiziert, daher fahren die Lokomotiven immer noch mit Dieselmotoren, gleichzeitig bietet die fehlende Elektrifizierung die Möglichkeit, die Wagons höher zu beladen. So sieht man häufig Züge voller Container-Wagons auf denen jeweils 2 (!!) 40-Fuß-Container übereinander gestapelt liegen. Die Züge fahren sehr langsam. Wenn man mit dem Auto an einem Bahnübergang stehen muss, kann man gefühlt erstmal Kaffee trinken gehen.

bed
wörtlich Bett; Bezeichnung der Ladefläche von Pick-up Trucks. Für Europäer befremdlich wirkt vielleicht auch der Zustand der Ladefläche bei den Nordamerikanern. Es gibt kaum Jemanden, der in seinem bed nicht permanent Gerümpel oder auch Müll durch die Gegend fährt. Meist ist das Ladegewicht hinsichtlich des Spritverbrauchs oder Einfluss auf die Fahreigenschaften wg. des tonnenschweren, übermotorisierten Gefährtes völlig unerheblich.

Body
hier Karosserie eines Trucks

Bolotie
Abwandlung eines Indianerschmucks, Lederband mit Silberenden umfasst mit einem metallenen Schmuckstück als Halskette, von Männern zu

Anlässen im Sinne einer Krawatte getragen

Bow River
großer Fluss mit starker Strömung (nicht schiffbar), der von den Rocky Mountains kommend durch Calgary fließt.

buck
hier Bock, ein männliches Reh

butchern
hier denglisch für schlachten, zerlegen der Rehkörper

Calgary Herald
größte Tageszeitung für Calgary und das südliche Alberta

Chinook
Warmer Fallwind von den Rocky-Mountains nach Osten in die Ebene, die dazu führt, dass im frühen Winter manchmal schon gefallener tw. tiefer Schnee wieder vollkommen abtaut

condo
condominium, Mehrfamilienhaus, in Kanada relativ selten vorkommende Wohnform (nahezu alle Menschen leben, außer vielleicht in den Hochhausschluchten der Großstädte, in Einzelhäusern), häufig gibt es wenn überhaupt vorhanden gleich ganze Anlagen. Wohnungen haben trotzdem einen Einzelhaus-Charakter, vergleichbar mit Doppel- oder Reihenhäusern in Europa. Menschen leben dort eher übergangsweise, tw. zur

Miete, nachdem sie bspw. persönliche Tief-Phasen erlebt haben (Scheidung, Jobverlust, Zwangsvollstreckung etc.) oder sie von weither umziehen mussten. Allgemein unbeliebte Wohnform. Gefühlt jeder strebt an, da irgendwann wieder rauszukommen.

cruise control
Tempomat

D / N / R / P – Lenkradautomatik
in Nordamerika haben quasi alle Autos Automatikgetriebe, viele davon mit einem Hebel am Lenkrad, was den Vorteil hat, dass man vorne bei Trucks zu Dritt auf einer durchgehenden Bank sitzen kann

Daylight- (daytime-)running-lamps
Tagfahrlicht, vorgeschrieben in Kanada, entspricht Abblendlicht, kann nicht abgeschaltet werden, restliche Beleuchtung ist dabei aus, tw. wird mit den US twilight lamps gefahren (gelbe vorne und hinten rote Positionslichter) sind auch anerkannt

Digitaler Kompass
Besser ausgestattete Truck-Modelle haben einen kleinen digitalen Kompass, häufig am oder im Rückspiegel. Dieser zeigt grob die Fahrtrichtung an (Bsp. NW gleich nordwestlicher Richtung) Dies ist ein sehr nützliches Hilfsmittel zur Orientierung, da Hinweisschilder oft spärlich sind man damit vermeidet, mal eben 100 Kilometer in eine falsche Richtung zu fahren, ehe man seinen Fehler bemerkt.

dole
weibliches Reh

Drumheller
Kleinstadt nordöstlich von Calgary, die am Rande
einer Badlands genannten, phantastischen
Wüstengegend liegt, einer Erdverwerfung, die
dadurch Dinosaurierknochen zum Vorschein
brachte, die in einem wirklich beeindruckenden
Museum im Ort ausgestellt sind, ein absolutes *Muss*
für jeden Besucher!

Edmonton
Landeshauptstadt der Provinz Alberta

Einzelbüro / Büro in Nordamerika
Einzelbüros gibt es in der Regel nie, selbst in kleinen
Verwaltungseinheiten sitzt man im Großraumbüro
und hat ein „booth", einen Schreibtisch, von Papp-
Stellwänden auf Brusthöhe umgeben und vor allem,
haben diese Büros häufig kein Fenster nach draußen,
sodass man immer bei künstlichem Licht arbeiten
muss. (wäre in Deutschland überhaupt nicht mit
dem Arbeitsschutz vereinbar)

Explorer
kleineres SUV-Modell von Ford, dass wg. seiner
Allradtechnik tw. im Polizeidienst gefahren wird

Extra-Cab-Truck
Trucks gibt es in drei Kabinenformen: Single Cab
hat nur drei Sitzplätze auf einer durchgehenden
Bank, Crew Cab hat vier Türen und fünf oder sogar

sechs Sitzplätze und dazwischen liegt die Extra Cab oder auch Double Cab genannte Form, die haben keine B-Säule und zwei Türen je Seite, die gegenläufig angeschlagen sind, sich also wie klassische Fenster öffnen lassen und damit einen großzügigen Zugang in den Wagen bieten. Dazu sind die Ladeflächen unterschiedlich lang, von 5 ½ bis 8 Fuß (maximal 2,40 Meter), so dass die ganze Kiste schon mal auf 6,50 Meter Länge kommen kann.

First nations
offizielle Bezeichnung der Indianer in Kanada; soll wohl im Sinne der Begegnung von Rassismus den Einwanderern stets klarmachen, wer zuerst in ihrem schönen Land war, die Wirkung ist zumindest bei der weißen Bevölkerung eher gegenteilig

flawies
Wind, Böen, Sturm

Fußgänger
in den Wohnstraßen gibt es in Kanada quasi nicht. Von wenigen Hundebesitzern abgesehen, bewegt sich trotz stets gut ausgebauter Fußwege niemand zu Fuß in seiner Siedlung, sondern ausschließlich im Auto.

goofer
Erdmännchen, pussierliche Tierart, ähnlich wie Eichhörnchen, die aber auf dem Boden und in größeren Sippen in umfangreichen Erdbauten leben

gravelled road
Schotterpiste. Auch normale Straßen in den Städten
werden im Winter mit Schotter abgestreut, mit der
Folge, dass es in Alberta kaum ein Auto gibt, das
nicht eine gesprungene Windschutzscheibe hat

HBO
gebührenpflichtiger Kabelfernsehkanal, bringt
hauptsächlich Filme und Serien

Highways
in Nordamerika entsprechen ungefähr den
deutschen Autobahnen. Sie sind manchmal nur
einspurig (in sehr einsamen Gegenden), meist
zweispurig. Leitplanken gibt es nicht, höchstens mal
Wildzäune am äußeren Rand der Straße. Die
Fahrspuren und Gegenüberspuren sind, dank des
unerschöpflichen Platzes, den das Land bietet, nicht
etwa durch Leitplanken getrennt, sondern durch
einen ca. 10-20 Meter breiten Grünstreifen, meistens
Rasenfläche. Es ist zwar verboten auf dem Highway
zu wenden aber zumindest theoretisch möglich.

Hutterits
In der Tiefebene nördlich von Calgary befinden sich
mehrere Communities der ‚Hutterer‘, einer religiösen
Minderheit, ähnlich den Amish aus den USA. Die
Hutterer laufen ebenfalls herum, wie im vorigen
Jahrhundert, also Männer in weiten Hosen mit
Hosenträgern und Flanellhemd, dazu breitkrempiger
Hut. Die Frauen stets im hochgeschlossenen Kleid.
Vor allem die Frauen zeigen starke Symptome von

Inzucht, sehen quasi alle gleich aus, viele erinnern an eine russische Maruschka-Puppe und müssen häufig starke Brillen tragen. In den Communities versuchen sie junge Frauen mit Männern anderer Communities zu verheiraten, um dem Problem etwas entgegen zu wirken, offenbar nur mit mäßigem Erfolg. Sie sprechen untereinander Deutsch in einer Art schwäbischem Dialekt. Im Gegensatz zu den Amish haben sie allerdings einige Dinge der modernen Zivilisation angenommen, so etwa elektrischen Strom und das Autofahren. Da sie Landwirtschaft wie vor 200 Jahren betreiben, haben ihre Produkte in letzter Zeit enorme Popularität in den Städten gewonnen, da sie quasi Bio-Qualität in Reinkultur besitzen.

'Jack Daniels
kicked may ass again last night', berühmter Song des Country-Sängers Eric Church.

Jagen (und Fischen)
sind die Lieblingsfreizeitbeschäftigungen der Kanadier. Nahezu jeder hat quasi eine Angelrute und ein Gewehr im Schrank. Die Großstädter sind dabei aber in der Minderheit, nicht zuletzt, weil sie im Vergleich zur Landbevölkerung, die meist große Ländereien besitzt, sich bei der Jagdbehörde im Sommer jährlich bewerben und dabei mit jemandem vom Lande einen Deal ausmachen müssen, ihnen zu erlauben, auf ihrem Grund zur Jagd zu gehen. Obendrein dürfen die Städter im Gegensatz zur Landbevölkerung ausschließlich im November jagen.

Und wehe, man verstößt gegen die Vorschriften! Keine Behörde ist so erbarmungslos, wie die Kontrolleure der Jagdbehörde. Ein Vergehen gegen die Bestimmungen hat einen lebenslangen Entzug der Lizenz zur Folge, mit sofortigem Einzug sämtlicher Ausrüstung und sogar des Wagens. Die lassen Einen sogar einfach allein in der Wildnis zurück. Daher genießen sie bei den Jägern mehr als nur Respekt!

Justin
gemeint ist Justin Trudeau, der kanadische Premierminister, der in der Welt hoch anerkannt, aber in Kanada in weiten Teilen der Bevölkerung unbeliebt ist, weil er das Image eines Schönlings und Frauenhelden hat, was insbesondere den vielen streng gläubigen Christen missfällt

Kimme und Korn
traditionelle Zieljustierungseinrichtung von Langwaffen, wonach man bei der Anvisierung des Zieles durch eine Einkerbung im vorderen Bereich des Gewehres blicken und diese mit einem metallenen Rund mit darin befindlichem kleinen metallener Dorn am Ende des Laufes des Gewehres so positionieren muss, dass die Dornspitze auf die Position des Zieles zeigt.

Das Klima
in Westkanada ist auch im Winter meistens trocken, häufig sogar sonnig aber empfindlich kalt. Dabei ist es wenn es schneit, und die Schneemengen sind

beträchtlich, noch am wärmsten. Bei klarem Wetter ist die Temperatur immer unter dem Gefrierpunkt. Da die Kälte aber sehr trocken ist, merkt man sie tagsüber auf der Jagd kaum, zumindest, wenn man warm angezogen ist. Man muss seine Kleidung so gestalten, dass man morgens früh bei -20 Grad bis zum Mittag bei +10 in der Sonne alles am Mann hat, also Goretex-Unterwäsche, Flanellhemd, Fleacepullover und darüber dann den Jagdanzug aus wattiertem gefütterten Tarnfarbenstoff. So kann man sich Schritt für Schritt aus seinen Klamotten ‚schälen' und notfalls wieder drüberziehen, je nachdem, wie das Wetter wird.

Krankenversicherung
gibt es Kanada im Gegensatz zu den USA für alle Arbeitnehmer und deren Familien. Allerdings deckt die deutlich weniger Leistungen ab, als in Deutschland und man muss seine Arzt- oder Krankenhausrechnung erst selbst bezahlen und kann die dann einreichen

landed immigation
Einwanderungserlaubnis in Kanada im Sinne der Green Card in den USA; hier nur nicht über ein Losverfahren, sondern über ein Punktbewertungsverfahren erreichbar. Sie stellt allerdings nur eine unumschränkte Aufenthalts- und Arbeitserlaubnis und noch keine Staatsbürgerschaft dar. Man muss ein komplexes Bewerbungsverfahren durchlaufen, bei dem neben der beruflichen Qualifikation und einem gewissen Geldvermögen

auch die Beherrschung der englischen Sprache Voraussetzung ist. Damit fühlen sich die Neueinwanderer von vorn herein als Kanadier und drücken das auch damit aus, dass sie in der Öffentlichkeit selbstverständlich Englisch sprechen und nicht durch wohlmöglich lautes Gequatsche oder Telefonieren in ihrer Muttersprache in der Öffentlichkeit auffallen wollen. Das gilt als respektlos gegenüber den Mitmenschen. Die Kanadier sind geprägt von einem Stolz auf ihr Land und damit auch auf die gemeinsame Sprache.

Lebenslauf / Bewerbung / Passfoto

häufig bewerben sich Menschen für einen Job mündlich ohne Vorlage von Bewerbungsunterlagen, auch ein Arbeitsvertrag ist nicht obligatorisch; wenn man sich gegenüber dem Arbeitgeber gut verkaufen kann, kriegt man den Job. Wenn es doch nicht passt, fliegt man genauso schnell wieder raus (2 Wochen Kündigungsfrist); Mittlerweile müssen schriftliche Bewerbungen geschlechtsneutral und ohne Foto erfolgen, um die Chancengleichheit der Bewerber rein auf Basis der fachlichen Kompetenz zu fördern

license-plate

Autokennzeichen, Alberta ist die einzige Provinz in Kanada, in der es keine Verpflichtung gibt, vorne am Fahrzeug ein Nummernschild montiert zu haben. Nahezu alle Autos in Alberta haben entsprechend nur hinten ein Kennzeichen. Jüngere Einwanderer machen sich manchmal einen Spaß daraus, vorne stattdessen ihr letztes Schild aus der alten Heimat zu montieren.

lunchbrake
Mittagspause

Miles / imperial measures
In Kanada gilt, im Gegensatz zu den USA, das
metrische System, so sind Hinweisschilder auf den
Straßen in km angegeben. Die Menschen denken
aber überwiegend noch in Meilen oder auch square-
foot (bspw. für qm-Fläche eines Hauses), nur an der
Tankstelle kommen sie mit Litern klar

moose
Elch

on sale
im Angebot

Papierformat
Din-A-4 ist länger und schlanker als das in
Nordamerika übliche US-legal-letter Format, das
kleiner und gedrungener ist

paycheque
Der Lohn wird in Nordamerika 14-tägig abgerechnet
und die Mitarbeiter erhalten über die Nettosumme
bis heute einen Scheck, den sie auf ihrem Konto
gutschreiben lassen müssen. An den jeweiligen
Zahltagen kann man in den Geschäftszentren der
Innenstädte häufig die langen Schlangen der
Angestellten an den Bankfilialen sehen, die ihre
Mittagspause dazu nutzen müssen, den Scheck
einzureichen

plaines
Tiefebene, flaches Land

pleasentries
aus deutscher Sicht vielleicht abwertend als
Höflichkeitsfloskeln zu bezeichnen, damit würde
man den Kanadiern aber Unrecht tun, denn sie sind
nordamerikanisch, ganz anders als in Deutschland,
häufig zuvorkommend höflich. Die US-Amerikaner
sind in ihrem freundlichen Gehabe eher künstlich.
Bei denen kann es vorkommen, dass man jemanden
kennenlernt, der einen sofort zu sich privat einlädt,
sich aber am nächsten Tag nicht mehr an einen
erinnern kann. Die Kanadier sind in ihrer
Freundlichkeit deutlich verbindlicher.

phone
übliche Form für das Smartphone, tw. wird noch
von *cell* (für cellular phone) gesprochen. Den Begriff
Handy kennt man in Nordamerika nicht, das klingt
zwar englisch, ist aber eine rein deutsche Erfindung

Polizeifrequenzen / Radiofrequenzen
sind in Deutschland in den Frequenzbereichen
kleiner 87,5 und größer107,5 mHz. für behördlichen
und Militärfunkverkehr vorbehalten und bei den
Radios entsprechend gesperrt, in Nordamerika sind
es dagegen alle geraden Frequenzen. Bei den Radios
dort sind bspw. die 98,6 für den Radioverkehr
gesperrt, hingegen die 98,5 oder 98,7 offen. Die
Radios sind technisch entsprechend eingerichtet,
dass ein abhören einer geraden Frequenz, verboten

sowieso, aber technisch generell nicht möglich ist
(außer man hat Ahnung)

porch
viele kanadische Häuser haben an mindestens einer
Seite eine stark vorgezogen Dachfläche, um den
Effekt einer überdachten Veranda zu erreichen.
Gerade auf dem Land, wo Platz keine Rolle spielt, ist
diese Veranda gerne auch mal ganz umlaufend um
das Haus

powerbar
Müsliriegel

Provincial Park
öffentlicher Park, aber nicht mit im Sinne einer
europäischen Parkanlage, sondern wildes
Naturgelände, oft ohne befestigte Wege, der generell
frei zugänglich ist, macht aber kaum jemand,
sondern nur Leute, die sich auskennen. Jagen ist da
natürlich verboten.

RCMP
Royal Canadian mounted Police, die spezielle, stets
in traditioneller Uniform auftretende, hoch
angesehene kanadische Polizeieinheit

Red Deer
mittelgroße Stadt zwischen Calgary im Süden und
Edmonton im Norden von Alberta. Die Bewohner
von Calgary behaupten, dass die Menschen, die in
Red Dear leben, diejenigen seien, die in Calgary
gescheitert und es bis Edmonton nicht geschafft

hätten.

rednecks
herabwürdigende Bezeichnung der
Landbevölkerung, die einen sonnenverbrannten
Nacken mit dem stundenlangen sturen Sitzen auf
Landmaschinen mit der angeblichen Einfältigkeit
dieser Menschen assoziiert

Schluck zuviel / Alkohol am Steuer
die Neigung zu erhöhtem Alkoholkonsum scheint in
Kanada gefühlt ebenso verbreitet zu sein wie etwa in
Skandinavien. Vermutlich steht das auch dort mit
der langen, kalten und dunklen Winterperiode im
Zusammenhang. Radiosender bringen im
Nachtprogramm laufend „Don't drink and drive"-
Werbespots. Den Führerschein zu verlieren ist in
einem Land, in dem man so eklatant vom Auto
abhängig ist, natürlich fatal, geschieht aber wohl
trotzdem häufig genug.

Service
hier Gottesdienst

Shaw
kanadische Telefongesellschaft

Spaceballs
Szene aus der Science Fiction-Persiflage, Kinofilm

spikes
das Geweih junger Hirsche (buck); häufig nur 15 cm
lang und damit kürzer als die Ohren; damit besteht
eine gewisse Schwierigkeit ein männliches von einem

weiblichen Tier (dole) auf Distanz zu unterscheiden

Sprache / Englisch / Französisch

beide Sprachen sind Amtssprachen, Französisch wird aber nahezu nur in der kleinen Provinz Quebec gesprochen. Der große englischsprachige Teil der kanadischen Bevölkerung hat kein Verständnis für diese Minderheit; im Geschäftsleben muss der französischen Sprache qua Gesetz immer Rechnung getragen werden, so sind alle Produkte (bspw. im Supermarkt) immer zweisprachig zu kennzeichnen; die Frankokanadier haben schon Versuche unternommen, aus der kanadischen Union auszutreten, diese latenten Abspaltungstendenzen machen sie bei der englischsprachigen Mehrheit besonders unbeliebt

Squat

genauer Homicide Squat, Mordkomission

Stetson

Cowboyhut-Marke, Synonym für Hut im Allgemeinen, Männer tragen häufig entsprechend den Jahreszeiten verschiedene, im Sommer aus Strohgeflecht, im Winter aus Filz

Stiefelknecht

Holzbrett mit halbrunder Einfräsung ist zum Ausziehen von Schaftstiefeln ideal. Man kann im Stehen die eine Hacke in der Einfräsung verhaken, sich mit dem anderen Fuß auf das Brett stellen und dann den Fuß ganz einfach (stehenderweise) aus dem Stiefel ziehen

Street view
Funktion von google maps, die einen virtuellen
Rundgang durch die Straßen und mit Ansicht auf die
Häuser und Umgegend erlaubt. In Nordamerika im
Gegensatz zu Deutschland nahezu flächendeckend
vorhanden

supper
Suppe, gleichzeitig Bezeichnung für ein (warmes)
Abendessen, unterhalb dem Niveau eines dinners

tags
hier ca. 15 cm lange, 2 cm breite Papierstreifen, auf
denen eine Serialnummer, sowie Angaben zu Art,
Geschlecht und Region des bewilligten Stück Wildes
eingedruckt sind, nur die stellen de facto die
Legitimation des Abschusses dar.
Jeder Jäger muss sich im Sommer bewerben und die
Jagdbehörde teilt dem Jäger dann exakt zu, welche
Tierart, in welchem Geschlecht, in welchem Gebiet
vom Bewerber gejagt werden darf. Dazu sendet sie
ihm per Post dann seine tags. Diese müssen dann
am jeweiligen geschossenen Stück Wild mit einem
Draht durch den Lauf gestochen, befestigt werden.

tailgate
die massive Ladeklappe bei Pick-up Trucks dient fast
eher zweitrangig dem Schließen der Ladefläche,
sondern vielmehr häufig als Arbeitsplatte oder
Sitzfläche; gerne werden auf ihr sog. tailgate-partys
gefeiert, bspw. auf dem Parkplatz vor Sportstadien
vor dem Spiel mit Freunden sitzend und schon mal

das eine oder andere Bier vorher zischen (in USA
wg. Alkoholverbots in der Öffentlichkeit mit
Vorsicht zu genießen)

Tim Hortons
Kanadische Kaffeehauskette in ähnlichem Ambiente
wie die zahlreichen Burger-Ketten, bietet auch
kleine, leichte Speisen an. Wie in allen diesen
Kettenlokalen gibt es dort kostenloses WLAN.

Trinkwasser
gibt es in allen Restaurants tw. unaufgefordert auf
den Tisch gestellt, in Ketten muss man es sich selbst
aus dem Spender ziehen, ist stets kostenlos, häufig
mit viel Eis gemischt aber grausam im Geschmack,
da es stets mit Chlor (!!!) versetzt ist.

Trucks
In Kanada bewegt man sich, von Freizeitaktivitäten
vielleicht abgesehen, nahezu ausschließlich im Auto
vorwärts. Auch in den Städten aber vor allem auf
dem Land fahren die Leute nahezu nur Pick-up
Trucks. Nicht diese kleinen japanischen Modelle, die
in Europa manchmal gefahren werden, nein,
sogenannte *full-size models*, das sind Kisten, deren
Motorhaube bis zur Brust reicht und die Ladefläche
mehr als zwei Meter lang ist. Manchmal hat man den
Eindruck, dass sich die Besitzer in Punkto
Riesenhaftigkeit der Karre gegenseitig übertrumpfen
wollen.
Obendrein sind sie gegenüber Pkws rel. teuer, sodass
die Kanadier, die ohnehin in Sachen Schulden

machen ziemlich schmerzbefreit sind, sie nahezu nur leasen oder finanzieren.

Die Karren gehen natürlich nicht mit sechs Litern Diesel weg, zumal Dieselfahrzeuge außer für richtige Lkw (ab 2500 lbs. bzw. 750 kg) aus Emissionsgründen verboten und obendrein wegen der tiefen Temperaturen im Winter untauglich sind, nein, diese Gefährte wollen schon mal 16 Liter Benzin sehen.

Von Umweltschutz, CO_2 oder auch globaler Erwärmung hat man in Kanada noch nicht so recht was gehört, im Gegenteil angesichts der Temperaturen im Winter reden sie spöttisch vom *global freezing*.

Waffentransport

Es ist in Kanada streng verboten in der Stadt mit sichtbaren Waffen herumzulaufen oder zu fahren. Daher müssen sie immer im Koffer verstaut, von Munition sauber getrennt transportiert werden.

Wasserhahn

Mischarmaturen, die in Deutschland Standard selbst in der primitivsten Wohnung sind, kennt man in Nordamerika noch nicht so lange. So haben Waschbecken manchmal noch zwei einzelne Wasserhähne, aus dem linken fließt kochend heißes und dem rechten eiskaltes Wasser, welches man sich dann in den Händen zusammenmischen muss.

Whitetail

Rehrasse mit weißem Bauch und Schwanz

Wohnhäuser in den Städten

nahezu alle Menschen leben in Einzelhäusern, je
weiter außerhalb der Städte, desto riesenhafter dazu
die Grundstücke, je stadtnäher, desto kleiner, häufig
so klein, dass das überdimensionale Haus gerade so
auf das Grundstück passt (wäre in Deutschland
verboten);
Sie entsprechen generell dem Stil, den man aus US-
Filmen und Serien kennt, sind immer aus Holz
(genauer dickes Sperrholz, gen. plywood), auch wenn
sie so aussehen, als seien sie aus Stein, dann sind sie
mit einem Spritzputz ummantelt, sonst stets mit
einer *siding* genannten Vertäfelung von außen
verziert, manchmal in einer Art Klinker-Charakter,
aber alles mehr Schein als Sein, von Deutscher
Isolationstechnik (K-Werten) Lichtjahre entfernt,
dafür hat man immer einen Kamin, häufig künstlich
in gasbetriebener Form (fire place); das ganze Haus
ist sehr hellhörig, vergleichbar mit einem
Nachkriegs-Mietsblock in Deutschland. Eine
Heizung mit Warmwasserkreislauf und Heizkörpern
oder auch Fußbodenheizung kennt man in
Nordamerika nicht. Die Häuser haben eine
Heizungsanlage im Souterrain, die warme Luft über
ein Schlauchsystem, dass sich hinter der
Holzverkleidung befindet durch die Räume führt
und jedes Zimmer hat entsprechende Einlässe im
Boden und Auslässe in der Decke. Unter dem Dach
befindet sich eine Luftreinigungsanlage, die
zusätzlich Sauerstoff von außen dazumischt und die
Luft in den Kreislauf wieder nach unten zur Anlage

führt. Das spart das Lüften und staubwischen und Feuchtigkeitsprobleme hat man i. d. R. auch nicht. Die Kanadischen Häuser werden wg. des Schnees fast immer auf einem Hochparterre-Sockel (Stein, Beton) gebaut, der damit die Möglichkeit einer Garage und / oder Einliegerwohnung im Souterrain erlaubt.

Wohnhäuser auf dem Land
Die Farmhäuser auf dem Land sind im Gegensatz zu den Häusern der Großstädte, die stets mit teils hochmodernem Schnickschnack ausgerüstet sind, überhaupt nicht gesichert. Im Gegenteil: die Haustüren haben den typischen Drehknopf zum Öffnen und werden in ihrer Abwesenheit nicht abgeschlossen. Jeder Einbrecher weiß, dass bei den Farmern nichts wirklich Wertvolles zu holen ist und vor allem ist jedem bewusst, dass der Hausherr bewaffnet ist und seine Waffe auch kompromisslos gegenüber Eindringlingen einsetzen würde. Wenn also die Hausbewohner ihr Haus betreten, stellen sie ihr Gewehr unmittelbar hinter der Haustür ab, manche haben dafür extra einen Ständer, wie in Europa einige Menschen auch, bei denen allerdings zum Abstellen des Regenschirms.

‚You see red, you're dead'
alter Cowboy-Spruch, wonach man seine Waffe niemals so halten und entsichern sollte, dass man das rote Ende des Sicherungsknopfes seiner Waffe selbst sehen kann, weil sich vielleicht ein Schuss lösen könnte, der einen dann selbst tötet.

Hunting high and low

NACHWORT

Dies ist ein Roman, seine Handlung daher fiktiv, sie entsprang rein aus der Phantasie des Autors.

Allerdings ist er in Teilen autobiografisch, viele der dargestellten Personen sind real, selbst das ermordete Farmerehepaar.

Alle Personen der Handlung wurden daher zum Schutz ihrer Persönlichkeit verändert; Ihre Namen und ihre persönlichen Eigenschaften wurden verfremdet und auch die Orte der Handlung wurden teilweise in ein fiktives Umfeld verlegt.

Der Autor veröffentlich die Geschichte ebenfalls unter Pseudonym, denn es könnte sein, dass er mit einer der handelnden Personen identisch ist…